骨の山

アントワーヌ・ヴォロディーヌ

骨の山

VUE SUR L'OSSUATRE

ANTOINE VOLODINE

《ロマーンス》

濵野耕一郎 訳

フィクションの楽しみ

水声社

目次

I　マリア

女は立ち上がった。押収されたパスポートの一つには、マリア・サマルカンドの名があった。調書作成上、選ばれたのもこの名前だった。女は壁に、ちょうど換気用の通風管が口を開けている壁にもたれかかった。通風管は独房であれ、倉庫であれ、事務室であれ、一階のあらゆる室内にいくつもの耳と口を差し込み、呼吸音のほか、苦痛の叫び、苦痛と恥辱のうめき声を運んでいた。ただし今聞こえてくるのは、空気の流れるかすかな音だけだった。女は力の失せた両の手と、汚れた指を壁に押し当て、コンクリートのざらざらした表面に指を滑らせた。慎重な手つきだった。末端神経に感覚が残っているかどうか、確かめようとしていたのだ。その手のひらには、擦りむいた傷が筋状に走っていた。苦痛が体内の至るところで目を覚ましていた。足が震え、骨格全体に顫動が走ったが、まもなく震えはおさまった。コンクリートは冷え切っていた。扉の向こう側では、見張りの兵士が合成皮革の肘掛け椅子に腰掛けて眠っていた。喉に引っかかった、いびきに近い規則的な呼吸音が聞こえていた。すべてが静けさの中に沈み込んでいるようだった。女がマヌエラ・アラツイペ留置所——平穏な夜の空気が君臨するこの士官学校兼留置所へと連行されたのは、今から三週間前のことだ。彼女のこれまでの生活、信念や情事について取り調べで明らかにし、またどうした理由で裏切りを犯すに至ったのか、誰に対し、いつから嘘をつき始め、そしてなぜ他ならぬ書物の中で嘘をつくことを選んだのか、本人の口から白状させることが当局の狙いだった。灯っている電球は消えることなく、黄色い光を部屋中に注いでいた。小便色のその光はそう眩いものではなかったから、慣れようと思えば慣れてしまうことも難しくはなかった。疲れを癒す暗がりなど、訪れるはずはないのだと覚悟してしまえばよかったのだ。マリア・サマルカンドは目を閉じ、再び目を開けた。金曜の夜だと思い込みそうだったが、眠りに落ちたせいで、そうはっきり断言できる目安もなくなっていた。ひょっとすると、もう土曜の夜かもしれなかった。マリアの取り調べは、特務捜査官と、パイロット用のブルゾンと軍靴を身につけた男が交代で担当していた。だが特務捜査官が最後に取調室を出て行ったあと、いつもの引き継ぎが行われなかった。それまでは、顔に得体のしれぬ愛想笑いを浮かべた空軍士官が、尋問担当者間で受け渡しされる調書草案を小脇に抱え、立ち替わり姿を現していたが、その士官が来なかったのだ。水曜に始まった、モノローグとダイアローグからなる取り調べは、こうして最初の小休止を迎えていた。この休息がどのくらい続いているのか、マリア・サマルカンドには見当がつかなかった。というのも、誰もやってこないのが分かると床に横になり、すぐさままどろんでしまったからだ。そうして今、静けさのなか、マリアはこれから自分がどうなるのだろうかと考えていた。独房に連れ戻されるのかもしれないし、取り調べが突然、今すぐにでも再開されるのかもしれなかった。特務捜査官は、椅子を持ち去ってしまっていた。室内の備品といえば、テーブルとバケツがひとつあるばかりだった。この殺風景な空間、窓のない壁、天井と床、そしてそれらすべてによって織りなされる、トーチカ風の、ひとを暗然とさせるような灰色の全体を、電球が黄色く照らしていた。室内の一角には、男性用便器のようなちっぽけな洗面台があった。そのちょうど上には、ゴム管の付いた蛇口がひとつあるだけだった。ゴム管は地面に向いて垂れ、その先には鉄製の格子のはまった排水口があった。この格子は固定されておらず、直径は十数センチあったから、これを武器として用いれば、拳の破壊力を数倍にすることもできたかもしれない。ゴム管も、腕に覚えのある兵士、白兵戦のスペシャリストには利用価値があろう。たとえば、そこにいる見張りを絞め殺すのに使えるのだ。見張りのいびきは止んでいた。マリア・サマルカンドは、自分では到底実行不可能な脱出の想像を遠ざけると、辛い出来事があった折にはよく頼みとした、つつましい精神活動に意識を集中した。ゆっくりと、一刻一刻、時を数えていった。三十一、三十二と数えた。すると、見張りの呼吸音がまた聞こえはじめた。マリア・サマルカンドは再び目を閉じた。体が痛み、腹が減り、口の奥は乾き切って、頭と眼窩内部が締めつけられるように感じた。吐き気がつきまとって離れなかった。吐き気が薄らいだのは、瞼をおろし、動くことを完全に止めたときだった。見張りが眠りつづけていることからして、時刻が夜半過ぎであることは明らかだった。ここ数日、ざわめきは真夜中まで止まず、人が行き交い、さまざまな声が聞こえた。ところが今、扉の向こう側にある事務室は深い眠りに沈み込んでいた。洗面台やテーブルの周囲で延々と繰り広げられる、時としてぞっとする内容のやりとりは、その部分部分が薄葉印刷紙の半折に記録されることになっていたが、事務室で今、タイプライターを叩いている者はいなかったのだ。特務捜査官も空軍士官も、取調室を出ると、マリアの供述をまとめて文書にし、再び戻ってマリアに署名をさせることにしていた。それに続く取り調べは、こうして得られた新事実をもとに、それが一見正当化しているような観点から開始される。だがそうした観点とは、マリアの言ったことをねじ曲げたり、元の発言がどんなものであったか分からないほど誇張したものであった。尋問者は椅子を持って再び目の前に現れ、テーブルの上に厚紙製の書類入れを置いて腰を掛ける。そして書類入れを開くと、三行ばかりの文章が記された文書を取り出し、その下にマリア・サマルカンドと署名するよう命じる。だがその文章とは、マリアが記憶していた、あるいはそうであってほしいと望んでいた真実とは、何ひとつ照合しない自白へと誘導するような文章であった。マリアは署名するようにしていたが、時として自分の発言内容の解釈に異議を唱えた。特務捜査官は、つまらぬことで時間を無駄にするなとマリアを説き伏せようとし、腹を立て、供述を撤回するのかと非難したりした。それでも引き下がらないときは、鍵などかかったためしのない扉の方に進み、辺りでぶらついている兵士や、場合によっては私服警官を一人二人（彼らの瞼は睡眠不足とサディズムで赤くなっていた）室内に導き入れ、取り調べをより一層厳格化するよう命ずるのだった。マリアの調書は、汗でシミのできたページや叫び声の記録が多くなっていた。しかしながら全体の分量は大したものではなかった。マリア・サマルカンドの協調的姿勢にもかかわらず、である。調書に目をやる尋問者たちは浮かない顔つきをしていた。マリアに対する肉体的、精神的圧力が一層強まっていた。平手打ち、強姦の脅し、さまざまな辱めが繰り返されたのち、マリアは別の被疑者女性が犯される場面を見るよう強いられた。特務捜査官がアストリット・ケーニッヒ、ないし「オルビーズの娘」と呼んでいた女は、疲弊して抵抗することもできなかった。ただすすり泣きながら、ひとつの名、マリナ・ピークという自分の名を発し、せめて誰かの記憶の中に、偽造されていない痕跡をひとつ残そうとしていた。いつの日か調査委員会が作られ、自分の失踪に関心を寄せ、生き残った男たち、あるいは女たちに証言を求めることもあるかもしれぬ。実現性は低い、とはいえ完全にないとも言えないそうした可能性のために、その女は自分の名を発し続けていたのだ。一人の兵士が、マリア・サマルカンドを洗面台のそばに抑えつけていた。この兵士は、無教養な若者特有の面構えと臭いをしていた。特務捜査官は強姦者らをせき立てたりはせず、ただ女を、マリア・サマルカンドを眺めることで満足していた。彼はマリアから目を離さなかった。オルビーズの娘は暴れることもなく、自分の名を叫ばないときは囁くように数を数えていた。マリア・サマルカンドは身震いした。すぐ近くのバケツからは、早朝のビヤホールを思わせる鼻をつく臭いが立ちのぼっていた。マリナ・ピークの拷問が終わると、マリアは四つんばいになって床を拭くよう強要されたのだったが、バケツの中身はそのときのまま、始末されていなかったのだ。マリア・サマルカンドは目を開き、電球が映っている黒い水面を凝視した。糸のほどけた、汚らしい床雑巾が浮かんでいた。目の前の床を拭いていると、特務捜査官はマリアの手を踏みつけ、脇腹や腹に繰り返し足蹴を食らわせた――そのあいだ雑巾が、冷たくよじれていたことを思い出した。が、思い出しはしたとはいえ、その記憶を反芻するという自殺的行為を避けるため、マリアは扉の方へ歩いてみようとした。背は壁にもたせかけたままだった。目は既に閉じていた。マリアはゆっくりと数を数えた。そうすることで、精神錯乱や苦痛や恐怖と闘おうと考えたのだった。百十九と口にしたとき、扉に触れたことに気づき、動きを止めた。扉は、ごく僅かながら開いていた。その隙間から、向こう側をのぞき込んでみた。距離にして四十センチもないところで、見張りの兵士が眠っていた。緑がかった上着とズボンがはちきれそうだった。短く刈られた髪は栗色で、その下の頭皮はピンク色をしていた。この男はマリナ・ピークの強姦に加わってはいなかった。とはいえ、彼が他の女性に加えられた別種の暴力行為に関わっていないとは言い切れなかった。マリア・サマルカンドは踵を返し、あの鉄製の小さな格子を掴み、扉を広く開けて事務室に押し入り、うなじを一撃して見張りを殺すこともできただろう。頸椎のどの箇所を狙えばいいのか知っていたのである。ずっと以前、マリアは警察に協力し、ヌーヴェル・テールで、ジャン・ウラセンコとともに数々の海外任務を請け負っていた。その頃通っていた警察専用のスポーツ・ジムで、頸椎の急所を教わっていたのだ。残った体力をかき集めれば、必要な箇所に鉄のかたまりを打ち下ろすこともできただろう。だがその後は？　その後どう行動すべきだというのだろう？　それに一体いかなる大義のもとに？……事務所の少し奥の方には、椅子が二脚、タイプライターを載せたテーブルが一台と、古文書収納ケースがいくつか入った書類棚があり、壁はポスターで飾られていた。若者に向けて、コロニーの敵との戦いに参集するよう説くポスターだった。一本のコードの先には、取り調べの行われている小部屋と同じランプが灯っていた。電球のフィラメントが、窓の上方に反射していた。外では濃い闇が息づいていた。ボダイジュの枝がひとつ見えるばかりで、窓の向こう側にあるものを見分けることはできなかった。マリア・サマルカンドが兵士を殺害して建物から脱出し、さらに兵舎の囲いの外に出ることができたとしよう。そのためには既に、信じがたい偶然と怠慢が重なりあわなくてはならないが、運良くそうした仮定通りになったとしても、マリアは辿り着いた市街地で、先の見通しもなく取り残され、地下組織に合流することも、近親者のもとに身を寄せることもできないだろう。地下組織網など存在していなかったのである。それは文学的虚構に過ぎなかったのだ。そしてそのでっち上げに一役買ったのが、マリアの手になるプロパガンダ的文書だったのだ。空軍士官と特務捜査官は、マリアの面前で、この文書を一行一行細かく分析し、そこに見受けられる曖昧さや不見識、また、マリアがずっと以前からイデオロギー的に揺らいでいたという事実、恩義のあるコロニーに忠誠を持って尽くすことをせず、むしろコロニーからの離脱をこそシニカルに準備していたという事実を示す隠喩表現を逐一あぶり出そうとした。地下ルートの存在などお話の世界のものでしかなく、現実は、空想上のおとぎの世界とはかけ離れていた。存在していたのは、コロニーとヌーヴェル・テールという非常に似通った二つの全体主義体制、そしてその双方にはびこる収容所（隔離収容所、保安処分収容所、中継収容所、強制収容所、衛生収容所、実験収容所、木材伐採従事者収容所、更生収容所、絶滅収容所、半自由収容所、自主管理式収容所、検疫収容所、休暇用収容所）ばかりであった。逃走後のマリアをかくまうこともできたはずの近親者たちはどうだったか。大半は見知らぬ土地に強制連行されたか、あるいは希望も持たず、痕跡も残さず逃亡してしまっていた。自分の家に戻ったりすれば、娘のバイアとカリマに再び災いをもたらすことになるはずだった。娘たちにとって、父のいない少女時代は辛いものだったが、今後は母のいない人生を送ることになるのだ。マリアは、兵士のうなじ、ガラスに映る電球、くすりとも動かないボダイジュの枝を観察しつづけていた。時を一刻一刻数えていた。二百まで数えたとき、見張りの兵が肘掛け椅子で身体を動かし、その息づかいが聞こえなくなった。マリア・サマルカンドは再び壁に張りついた。そしてバケツの近くまで後ずさりした。扉はかすかに開いたままだった。足に力が入らなかった。バケツのそばで腰を下ろして目を閉じ、兵士の呼吸音と通風管を流れる空気の音に耳を傾けた。瞼越しに電球の光が見えていた。返す波のように吐き気が戻り、勢いを増した。明かりのせいで生じた吐き気には、喉の痛みが伴っていた。口の中が乾いていた。何か飲まなくてはならなかった。目を開き、身体を動かした。マリアはさらに別の苦痛、数時間にわたって取り調べが続いた際、膀胱に覚えた苦痛を思い出した。そして、音を立てはしまいかと心配しながら排水口の上にしゃがみ込み、下着を下ろして排尿した。身につけていた下着類は悪臭がした。下腹部はひりひりと痛んだ。マリアはマリナ・ピークの、アストリット・ケーニッヒの強姦を思い出した。突然ある疑念が脳裏をよぎった。意識が活動を始める手前で、何らかの防御システムが働いていたのではなかったか。犯された女の名やそのシルエットは、実はマリア自身が産み出したもので、そうすることで真実に対して目を覆い、真実から身を守ろうとしたのではなかったか。実際、マリアはこの二つの名を、あるいはそれに近い名を知っていた。それは、今も格別の愛情を抱いている数個の物語のなかに登場させた名前だったのだ。一度として公表されたことのないその物語には、ズレを孕んだ、季節でいえば秋のような、ポスト・エグゾチスム的なところがあったが、作者がどのように世界や人間どうしの関係を把握し、どのように生者と死者の関係を理解しているかを如実に伝えていた。特務捜査官はこの物語集を読んでおり、メモも見ず、その数節を暗唱した。そしてそれが自己中心的な作品であると述べ、強制収容所的社会に対する評価も憎しみも明確には打ち出していないと咎めたのだった。汚れた下着を腿をすべらせてはき直すと、マリアはしばらくのあいだ蛇口の前にとどまり、見張りの兵士が目を覚ます可能性を見積もってみた。以前、この水道管が立てる衝撃音を耳にしたことがあったのだ。マリアは蛇口を回して口を湿らせたものの、ほとんど水分を摂らなかった。そして、水が流れても夜の静寂が破られることはなかったので、両の手を洗った。ときどき排水管の中でゴボゴボいう音がした。マリアは身体をこわばらせ、聞き耳を立てた。そうして二十まで数えてから、再びこのささやかな密事に取りかかった。扉の向こうで、兵士は眠りつづけていた。マリアは目眩を覚え、苦い味のするげっぷをした。胸郭の骨一本一本に、ひびが入っているような気がした。手は摩擦で炎症を起こし、灼けるように痛んだ。再び数を数えると、今度はよりデリケートな部分を洗おうと決めた。辺りは静かなままで、誰かが来る気配はなかったからだ。だが、そうして身体を洗っている数分のあいだ、マリアは全身に広がった痛みと、いや増しに増す精神的苦痛と闘わねばならなかった。自分の身体が穢れていることに気がついたからだ。身につけていたものはびっしょりになっていた。マリアは蛇口を閉め、壁際に戻った。悪臭を放つバケツのそばだった。取り調べの最中に割り当てられていた場所に戻れば、勝手に身体を洗ったこともそれほど挑発的な行動とは認められず、室内を移動した罰も軽減されるはずであるかのように。電灯の明かりが目の奥にまで突き刺さっていた。マリアは壁に顔を向けた。もう一度最初から始めよう、そう考えた。尋問者たちが、よく繰り返していた言葉だった。とりわけ、自分や他人について非常に突っ込んだ証言をしたとき、ほんのささいなことまで言い尽くしたと感じたとき、彼らがしばしば口にしていた言葉だった。尋問者たちはそう言うことで、マリアのなかに残る気力のかけらまでも打ち砕いてしまおうとしていたのだが、マリアの方は、ゼロからやり直すことに強い嫌悪感を感じてはいなかった。実際進んですべてを言い直し、警察官を前に自分の人生と夢のすべてを繰り返してみせ、そして、後先を考えず、自分の話に細かな変更を加えることをはばからなかった。作家として、同じような技法に基づいて仕事をしてきたからだろう。自分のテクストを冒頭から最後の一句まで、十回、三十回、百回と飽くことなく書き写すのだが、その際細部に変更を加える。すると、別種の読み、不吉な虚偽や不吉な真正さからなる別種の層、計り知れない別の真理が、突如浮かび上がってくるのだった。兵士が目を覚ましていた。マリア・サマルカンドは兵士が咳き込み、身を揺するのを耳にした。兵士は寝そべっていた肘掛け椅子から身を起こし、取調室を一瞥し、扉を閉めた。扉はばたんという音を立てたが、鍵に何らかの欠陥があるため、また少しだけ開いた。兵士は不平めいたことをぶつぶつと口にし、椅子に再び腰掛けた。マリア・サマルカンドは壁の方を向き、ひとつひとつ数を数えていた。こめかみが脈打っていた。ずきずきちくちくする痛みが、せめぎ合うように身体の筋肉全体を覆っていた。マリアは右手を両腿の間で丸めた。スカートの内部、恥丘の下一帯は炎症を起こしていた。皮膚がひりひりとしていた。マリアは脈を三百六十二まで数え、そしてもう一度最初から始めた。わたしの名はマリア・サマルカンド、収容所に入れられる前、ジャン・ウラセンコと結ばれていた頃は、ヴェレーナ・ノルトシュトラント、リリス・シュワアック、レオノール・オスティアテギ、ワシリッサ・ウカシュチック、またある時はエレン・ドークスとも名乗ったけれど、それはどうでもいいこと。年齢は四十一。コロニーで、オルビーズの精神のもとで育てられ、正義の人びとの側、オルビーズの勢力を地球全体に拡大しようとした男たち、女たちの側に与してきた。大学では動物学の勉強をし、修士論文ではアマゾニアのミユビナマケモノとその絶滅について論じた。そして獣医学研究所で働いたのち、ヌーヴェル・テールでの海外任務に就くべく、監視機関に徴集された。わたしは余暇があるとものを書き、水彩画を描いていた。徴集後はプロパガンダ部局の任務に就き、コロニーと体制に好意的な記事を多く書いた。今現在、わたしと同じように拘留されている数百万の人びととともに、わたしは現体制の確立に貢献したし、機会さえあればまたその一助になりたいと思っている。体制の歩んだ道のりはおそろしいものだったけれど、かつてのオルビーズを明るく照らしていた、あの博愛の精神については何も否定したことはないし、それにわたしたちを悪夢へと導いたこの道以外、ほかに進むべき道があるとは思えないから。わたしは書くことが好きで、ロマーンスを、つまり夢幻的虚構の書を書いたけれど、そのどれも日の目を見ることはなかった。数人の友人、それから可愛いバイアとカリマが読んだだけ。そのいくつかのテクストは、ジャン・ウラセンコとの分かちがたい共犯関係の産物で、わたしはそこでふたりの生と死を物語った。わたしの名はマリア・サマルカンド、そしてわたしは死んでいる。死亡時期がいつに遡るのかは分からない。最近数十年のあいだ、わたしは何度も生からの離脱を繰り返した。たとえばジャン・ウラセンコが死出の旅に出るのを目にしたとき、あるいはわたしの愛する人びとが目の前で穢され、殺害されたとき。持続する意識的な死という観念は、わたしのなかでずっと、病的なまでに強く、それが水曜日から威力を増してきている。水曜日、つまり古い解決済みの事件を再検討するという口実の下、この取調室に連行されたとき、そして取り調べを担当するという特務捜査官の目鼻立ちのうちにジャン・ウラセンコの面影を認めたとき。この男は今、別の名を名乗っている。その人格は解体されたのち、再構成されている。そうして再び監視委員会のために働いている。わたしがはじめてその眼差しに出会ったとき、彼は何の感情も露わにすることがなかった。まるでわたしが目の前にいても、いかなる記憶も蘇ってこないのだというように。だがあのひとなのだ、間違いない。ロゥ・スィー・ローンや他の勢力を駆逐すべく、アジアにおける特殊任務に共に携わったオルビーズの闘士にして、可愛い娘たちの父。わたしが情熱をもって生き、情熱をもって密やかな文学世界を作り上げたパートナーの男。この秘密の世界は、わたしたちふたりの不安、おそれ、常に変わらぬ希望を映し出していたのだ。わたしに話しかけてきたとき、彼はまるで情報部の書類を通してしかわたしのことを知らないとでもいう様子だった。わたしも彼に答える際、彼にはいかなる特別の個性も認めてはいないのだ、そしてわたしの釈明や嗚咽の向かう先は、一個の醜い人間の形に凝縮した、抽象的で神的な警察という実体にすぎないのだ、という様子を装った。わたしを拷問にかけるよう強要されているのかもしれないし、それが彼の受ける罰の一部、あるいは罪滅ぼしの一環をなしているのかもしれない。あるいは単に、ふたりの悪い夢のどろどろとした中心部にわたしが達してしまっただけなのかもしれない。とにかく、過去のふたりの関係については沈黙を守ることが彼のためになるのだろうと考え、わたしは口を閉ざした。かくして、この苦々しい小芝居は滞りなく進行した。前世およびふたりのテクストのなかで、ジャン・ウラセンコとわたしを結びつけていた絆について、わたしは何ひとつ口にしなかったのだ。でもわたしたちは変わっていない。ふたりの結びつきは弱まっていない。もう一度最初から始めることが必要であろうとなかろうと、わたしは絶対に明かしたりはしないだろう。死に至るまで、そしてその先まで、ジャン・ウラセンコを愛したことを。すべては、ずっと前から無なのだ。ただ、次のことだけは、消えずに残る。手がかりのない謎のように。ふたりは死の最悪の瞬間においても変わることはなかったし、これからもまた、変わることはないのだ。

マリア・サマルカンド

骨の山

VUE SUR L'OSSUAIRE

ANTOINE VOLODINE

濵野耕一郎――訳

《シュルレアリスム的監禁学提要》

フィクションの楽しみ

水声社

一　オオハシ

植物園別館で哺乳類学の地下講義をしていたジョルジュ・スウェインは、厄介な偶然のせいで、わたしがかすり傷一つ負わずにすんだ自動車事故で命を落としてしまった。

傾斜のきつい小さな通りが、サイチョウとオオハシを飼育する鳥小屋に隣接している。わたしはその通りで、すでに駐車している車の間に、自分の車をねじこもうとしていた。車は順調にバックをはじめたが、わたしは自分の後方、つまりそっとぶつけて押しやろうとしていた車の方に頭を向けていたため、前方で何が起きているのか注意していなかった。それがつけいる隙を与えてしまった。レインコートを着たふたりの捜査官とともに通りかかったジョルジュ・スウェインが、突然何も言わず、おそらくは突き飛ばされたせいで、歩道に膝をついた。そして、歩道の縁とタイヤの間に自分の胸を差し出す格好になったので、わたしの車の右前の車輪が彼の喉と頭蓋下部を粉々に砕いてしまう結果となった。車のサスペンションがそのショックを吸収したので、わたしは何も感じず、何も目にしなかった。

捜査官たちは被害者の方には駆け寄らなかった。ふたりはむしろ、車をぐるりとまわってドアを開け、わたしに飛びかかってきたのである。わたしに対して何らかの陰謀が仕組まれていたに違いないと思うのもこのためだが、とはいえ事件から月日の過ぎた今となっても、そうした企みを説明しうる理由も目的も判然とはしない。そうして彼らはわたしに不審尋問をした。通りに見物人はいなかった。事故を目撃し、わたしを弁護できるような通行人はいなかったのだ。主任捜査官のミュラーは、わたしに駐車を中断するよう命じた。ハンド・ブレーキを握ったままでいると、右の上肢をエンジン・キーのところまで忍び込ませてキーをその差し込み口から抜いてしまった。そうして、四人仲間に暴行罪を犯したとわたしを咎めた。しかしながら、彼がわたしの仲間だというこの男、囚人ジョルジュ・スウェインが命を落としたことについては、さして遺憾に思わない——そうつけ加えたのだった。実際には、わたしの知人にスウェインという男はいなかったのである。

わたしはハンドルにしがみついたが、犠牲者に対面させようとするミュラーの威圧的な身振りに従ってシート上で腰をたわめ、頭が地面すれすれの位置にくるような体勢を取った。わたしの視線は、日頃は注意して見ることのない表面をなぞっていた。ロッカーパネル裏側の汚いでこぼこ、泥だらけになった凹み、マフラーが視界に入った。生気のないジョルジュ・スウェインの残骸がそのとき目に入った。地面に血はほとんど流れていなかった。警察が血の出ない死なせ方を選んだからである。

「スウェインが哺乳類学者であることを知っていたのか」と、ミュラーは私の頭上で不平そうに言った。

わたしは体勢をもとに戻して、運転席に座り直した。すでにして憂愁を帯びたある切迫の感覚と共に、わたしは運転席の詰め物の柔らかさを味わっていた。というのも、こうした柔らかさや人間工学に基づく心地よさは、今後、もしかするとずっと、自分から取り上げられることになると分かっていたからだ。わたしはミュラーの目を見ようとした。だが彼の瞳に読み取ることができたのは、計算高く狡猾な敵意、冷酷なまでに狡猾な敵意だけであった。突然恐怖に駆られたわたしは、オオハシがかあかあと鳴いている飼育小屋に注意を集中した。この騒がしい鳥（分類上キツツキ亜目に属し、飼育するとなると茶目っ気はあるが世話は大変だ、と記述する事典もある）の鳴き声が、小屋を取り巻く（ないし小屋を飾り立てている）木の葉の茂み越しに聞こえていた。だが、その姿を認めることはできなかった。

「知っていたのか、チャン」ミュラーは質問を繰り返した。

この短いやりとりにつづく何ヶ月にもわたる取り調べのあいだ、わたしはジョルジュ・スウェインが周囲の人びとに示した好意と敵意がどれほど不誠実なものであったか、またコロニーとオルビーズの理想に対して彼の言明した忠誠がいかに怪し気なものであったか、充分に知ることができた。わたしは哺乳類学の基礎も学んだ。それはかなり荒削りな学問で、わたしがずっと愛してきた鳥類学に比べると繊細さに乏しい。その後の収容所生活でも、この学問が役に立つことはほとんどなかった。

以上の話とわたしの生涯について、他に何をつけ加えよう。わたしは数え切れない数のカラマツや、モミや、黒々とした巨大な針葉樹を切り倒した。徒刑囚のあいだで起きた乱闘騒ぎでは、三本の指と左の目を失った。

他に何を話そう。ほぼ何も、言うことはない。

最近、支給される食事の質がよくなっている。空の色調からは、厳しい冬が再び迫っているのが分かる。今までのところ、運命はわたしに対して寛容だった。わたしが監房の長となって、もうすぐ八年となる。今もなお、植物園について、ミュラーの尋問について思いを巡らすことがある。不満を言うつもりはない。わたしの人生は、ごくありふれたものだった。誰にも何も咎めない。昨晩、一羽のオニオオハシを夢に見た。オオハシ科の鳥が夢に現れることはめったにないのだが、今なお夢みることがあるのだ。

地上におけるわたしの生涯を締めくくる人物がやってくるまで、今から数えて何日、何年残されているのか、わたしには分からない。同様に、そうした人生の締めくくりが好ましいものなのか憎むべきものなのか、わたしには分からない。

二　カメ

ワルダ・アンデルセンは、連れ去られた（それが当時用いられた表現だった）ばかりの夫をたたえて展覧会を開いた。そのヴェルニサージュがあった折、わたしは脇の廊下を通って姿をくらまし、トイレを探すという口実で、アンデルセン家のドアをいくつか開けてみた。

わたしは薄暗がりの中をうろつき回った。部屋からは、清潔なにおい、蜜蝋を主成分とする家庭用清掃剤のにおいがしていた。月の光が充ちていたので、あちこち歩き回るのには好都合だった。またその月明かりのせいで、事物や空間が不安定で非現実的な趣を帯びていたが、それがまたアンデルセン絵画の雰囲気を思い起こさせるのだった。わたしは最後に、廊下のいちばん先にある台所に入った。どぎつい照明が灯っていた。

アンデルセン夫妻には非常に美しい娘たちがおり、わたしたちはみな多少とも恋心を抱いていた。わたしは、流しとテーブル（汚い食器で一杯だった）のあいだに、長女のナイアがいることに気がついた。ナイアはしゃがみこんで、一匹のカメを切り刻んでいるところだった。

カメ目動物の殺害と解体は、どのような観点から考えても（調理のためであろうと、より抽象的な目的に供すものであろうと）、骨の折れる、胸のむかつく作業の連続である。ナイアは二十二歳で、金色の目をしていた。彼女はそれが意味するすべてをわたしの方に差し向けると、なぜわたしがそこにいるのかと、単刀直入に尋ねてきた。台所にいれば、招待客との付き合いや礼儀上の堅苦しさ、文字通りの陰鬱さから逃れられると思っていたのだった。

答えて言うべきこともなかったので、わたしは何も言わなかった。

虐待されたカメはふたりのあいだでじっと動かず、黄色いタイルの上で血を流し続けていた。ナイアが中断した仕事を手伝って終わらせるには、わたしもしゃがむ必要があっただろう。だがそうしたいという気持ちを露わにはしなかった。わたしはナイアの美貌に胸を打たれ、またばかげた惨殺劇が、手に届くところで、日夜繰り広げられているのだという思いに心動かされていた。ナイアは死骸を持ち上げ、ぼろ切れを経帷子代わりにしてそれを包み、流しで血を滴らせた。そして手を洗うと、わたしを台所の外へと引っ張り出した。

わたしたちはテラスを横切り、セッコウボクの茂みの後ろを抜けてさらに進み、台所の電灯が臆面もなく照らし出している輪の中から外に出た。こうしてふたりは、夜闇のなかで一緒に立ち尽くすことになったのである。

そこで目に入った風景は、アンデルセンが描いていた月世界のビロード、彼が空想した森の裏面、黄昏れる希望さえも諦めて久しい空、そのさなかに迷い込んだ遠い湖の裏面を思い出させた。地平線には川の蛇行部がきらめいており、闇を背にすると、距離はあるものの、そのカーブを見下ろす木造建築物がはっきりと見分けられるのだった。この建物はかつて物見櫓であったか、今そうであるか、あるいは間もなくそうなるのだろう。

わたしたちの耳には、物音がいっさい聞こえなかった。ワルダ・アンデルセンの客たちの喋り声も届かなかった。今思えば、丘の反対側の斜面を滑り、木々のあいだ、黒い樹皮や苔、銀色や黒色をした葉の茂みのなかに吸収されていたのだろう。闇夜を損ねるエンジン音もなかった。邸宅の周りに車道はなく、車の通れない小道があるばかりだった。招待客たちは、市街地や収容所に戻るのに、木々をかき分けて進むほかない。そのうちの幾人かは、肌寒い夜明け頃、道に迷って姿を消すことになるだろう。彼らの死は、カメの死ほどおぞましいものではなかろうが、死んでいくことに変わりはない。

「ナイア」わたしは口を開いた。「僕は十五年前から、君の両親を騙しているんだ。僕は美術評論家ではないんだよ。」

「誰のために活動しているの？」若い女性は激しい口調で尋ねた。

「知らないんだ」わたしは答えて言った。

「でも、ふたりを裏切っていないわよね？」彼女はつづけた。「これからもずっと裏切らないわよね?」

わたしたちはなお少しのあいだ、夜空に星座を見つけようとしながら芝生の上を歩いた。その後わたしたちは、十九年のあいだ、大切なものを分かち合い、不貞など働かないようにしながら、仲良く(わたしはそう言うことにためらいを覚えない)ともに過ごした。そしてナイアが死を迎えた。

ナイア・アンデルセンは昨日、わたしにあの金色の瞳を向けながら、癌のため息を引き取った。彼女はどんな願いも口にしなかったし、後を追ってほしいとも言わなかった。ただ、分かっていたはずだ。わたしも今日、逝くということを。

わたしには彼女が、彼女にはわたしが必要なのだ。わたしたちはひとつなのだ。彼女のそばに戻るには、カメ用ナイフで事足りるだろう。

三　コオロギ

食事のあと、ヴェレンゾーンという名の男が、タバコ――といっても乾燥した葉を巻いただけの代物――をわたしと一緒に吸っていた。日はすでにモミの木の茂みの上に傾いていたが、空を赤く染めるにはまだ早く、大地を照りつけていた。ヴェレンゾーンは太陽の方を向いて目を細め、わたし同様囲いに、つまり囲いと呼ばれていたあの第一鉄条網に背をもたせかけていた。すると突然、監視委員会の代表が、わたしたちのいるところから六十メートルほど離れたところにある官舎から姿を現し、ヴェレンゾーンを呼んだ。

ヴェレンゾーンは代表の苛立ちをただちに和らげようと、彼に向かって大きな仕草をしてみせた。それは代表に対する敬礼のようなもので、ご命令には間もなく従いますという意思を表していた。この「間」が尽きようというときだった。ヴェレンゾーンは僅かな猶予を自分に与え、わたしと視線を合わそうとした。わたしは唇の間にタバコの吸い差しをくわえていたが、それを大急ぎで譲った。彼はタバコを受け取った。わたしたちはただ神経質に互いを観察しあうだけで、何も言葉にできずにいたが、最後にヴェレンゾーンはわたしの手を握り、指に沿ってマッチ箱をひとつ滑り込ませた。その中には、彼が飼い慣らしたコオロギが入っていたのだ。そうして彼はわたしから遠ざかっていった。

第一の囲いと、堀の近くの第二の囲いのあいだには、丈の低い木が何本も立っていた。わたしは、ヴェレンゾーンを呑み込んだ建物の窓の様子をうかがったり、彼の背後で乱暴に閉められた扉を長く見つめたりする代わりに、若枝の淡い緑を眺め始めた。堅くとがった葉のあいだに、数羽のシジュウカラ科の鳥の姿が浮かび上がった。この見事な鳥たちは、頭をぴくっぴくっとかわいらしく動かし、鳴きながら追いかけっこをした。そして間もなく飛び去った。

わたしは囲いの前にできるだけ長いあいだ留まった。太陽はゆっくりと山々の背後へと消えていった。大気は昆虫の羽音で震えていた。いくつものコバエの群れが、草の上、ちょうどアリの巣の真上にあたるところや、空中さらにもっと高いところ、乱視のせいで地上からどのくらい離れているのか判然としないモミの木々の頂の辺りで、奇妙なダンスを踊っていた。一台の幌付き小型トラックが、第一の防護柵を超え、次いで第二の防護柵を超えた。トラックは囲いを超えるたびごとに停車し、点検を受けていたが、それが済むと森の方へと一直線に進んでいった。わたしには、それが運んでいる積み荷が何であるのか見当もつかなかったし、乗せられている人物についても同様だった。瀕死の者たちかもしれないし、いまだ体力のある者たちかもしれない。来歴不明の連中かもしれないし、ひょっとするとヴェレンゾーンその人が乗せられているのかもしれなかった。宵の時間が長引いていた。日が落ちたあとも、ミツバチやスズメバチの羽音が続いた。

黄昏の空が灰色に変わる時間になって、わたしは共同寝室へと戻った。

わたしは寝室中央の通路に沿って進んで行き、ヴェレンゾーンの居場所が空になっていることを確認した。彼の所持品のすべて（作業着上衣、飼育していたコオロギ用の装飾かご、椀）が寝床から取り除かれていた。

わたしは自分のベッドに腰掛け、足の裏で床とその埃に触れた。あたりは薄暗かったが、寝床はさらに暗かった。ちょうど頭上に、衣類が引っかけてあるせいだった。わたしは、別れ際にヴェレンゾーンから受け取ったマッチ箱を開けた。そこにはコオロギのほか、一枚の写真が入っていた。ひび割れで画像が損なわれないように折り畳んであり、なかでもその中央に映っている顔には折り目がかからないようにしてあった。コオロギの方はマッチ箱から出てどこかの窪みに潜り込み、鳴き声を上げて仲間を呼び始めた。共同寝室と暗闇のなかには、このコオロギと同じ境遇の同類たちがいたが、そのうちの数匹が、あまり熱のこもっていない応答をした。わたしは光沢紙の皺を伸ばし、平らにした。まるで儀礼的な愛撫によって、この写真を自分のものにしようと望んだかのように。ついで、どこかしら警察関係者のそれを思わせる反射的反応から写真を裏返し、裏面に何か情報が記されていないか調べようとした。消えかかった文字が読み取れた。「サミラ」という一語だった。

わたしは再び画像に目をやった。

女性がふたり映っていた。ひとりはとても若く、大人になったばかりという様子だったが、もうひとりは眩しいほどの成熟ぶりで、若い方の母親である可能性もあったろう。ふたりはともに、挑むようにレンズを見つめていた。その眼差しからはふたりの知性だけでなく、疲労や不安、今後自分たちを待ち受けている事態をいぶかる様子がにじみ出ていた。ふたりは、そう示し合わせたわけではなかったが、ある共通の秘められた意志を込めてこちらを見つめていた。その意志とは、いつの日か写真撮影者のうしろに立つようにしてこの写真を見る人物、数々の試練を経、遠いところに行ってしまったあとでも、自分たちがたじろぐことなく直視できる人物に宛てて、ひとつのメッセージを送ることであった。彼女たちの手には手錠がはめられているのが分かった。物見高い群衆がふたりを取り囲んでいた。休暇中の軍人、復員兵や新兵がおり、また例によって例のごとく、軍服を着た人狩り人たちもいた。いくつかの細部から判断するに、写真は駅で、駅のプラットホームで撮影されたものらしかった。脱走未遂の折、あるいは移送の途中などではなかったか。

近くのベッドから、ヴェレンゾーンの出発に関してあれこれと話し合う声が聞こえた。言語や民族がどうあれ、大半の者は悲観主義者たちの意見に与していた。ヴェレンゾーンの件をいち早く片づけようとしたのは、外部の機関でなく、他ならぬ監視委員会だった。この事実から考えれば、下された命令は送還命令ではなく、新たな中継収容所への配置転換命令であったのだ。最善の場合、ヴェレンゾーンは、コロニーかヌーヴェル・テールのどこかにある、別の囲いの内部に漂着することになろう。だが最悪の場合、監視委員会は彼の名を記録から抹消するだろう。そうして彼の失踪状況の調査を開始すると宣言し、半年にわたり無益な書類を積み上げた挙げ句、かかる身元に当てはまる移送者は元々リストにはありませんでしたとか、ヴェレンゾーンなる者を収容したことなど一晩たりともありませんでしたとか、それ自体実体の怪しい調査委員会を前に主張して、すべてを済ませてしまうだろう。

宵闇が深くなっていた。わたしは消えた男の思い出に、自分を見つめるこの女性たちと無言の会話をしてみようとした。耳のそばでコオロギが鋭い鳴き声を立てていた。わたしには、どちらがサミラという名なのか分からなかった。彼女たちを前に、思い切って自分の悲しみを囁いてみたとしよう。ふたりの女囚のうち、どちらがそれに答えてくれただろうか。

八年後、ある国境の町で、わたしはヴェレンゾーンを見かけた。わたし同様、流刑と収容所の時代さながら、古びたプルオーバーとまずまず清潔なジーンズを身につけ、わたしの方に向かって歩いてきているようにみえた。

わたしたちはどちらも、すぐ相手に気づいた。

わたしたちは、公園のベンチに行って腰掛けた。汚らしい公園であったが、こどもたちが遊び、それを見守る母親は、砂場の傍らに立つ世界中のどの母親とも何ら変わるところがなかった。過保護にみえるときもあれば、こどもが転んだり泣いたりしても、平気な顔をしているときもあった。

ヴェレンゾーンはタバコの箱をわたしに差し出した。異邦の地で、ふたりはこうして再びタバコを吸い、日の光を束の間のあいだともにしたのだ。

　しばらくして、わたしはサミラとは誰なのか、ヴェレンゾーンに尋ねた。監視委員会の事務室が彼の死に場所になるのかもしれない――そうした想像がわたしたちふたりの頭の中を駆けめぐっていたとき、彼はあの美しいふたりの女性の記憶をわたしに委ねた。そのどちらがサミラなのだろうか。

　サミラという名のもつ崇高な神秘性とポエジーには、ずっと感じ入るところがあった。サミラはアラビア語で、秘密の打ち明け相手となる女性を、さらには、夜、秘密の打ち明け相手となる女性を意味するらしい。

　彼はマッチ箱のことはよく思い出せないといった風を装い、もっぱらコオロギのその後に関心があるふりをした。わたしはまたもや、警察勤務時代の粗暴さが決して抜けきらないことを示す反射的行動に出た。気詰まりを覚えていたヴェレンゾーンが言いよどむと、わたしはそこに分けて入り、露骨な問いをぶつけたのだ。

「その女性、そのサミラには、戻ってから再会したのか？　見つけ出そうとしてみたのか？」

　彼は答えなかった。

　わたしはさらに聞いた。「彼女もどこかの収容所にいたのか？」

　彼の唇が開いたが、そこから言葉が漏れることはなかった。

　わたしは、彼のうちに苦痛を呼びさましてしまったことに羞恥の念を覚えていた。やっとのことでコオロギについて二言三言、言葉を継ぎ、それから口をつぐんだ。

　わたしたちは話をしている間じゅう、まわりのこどもや母親たちの様子を目で追っていた。だが、交わす言葉がなくなってしまうと互いを見つめ、八年前、沈黙を交わし合ったあの最後の長い瞬間を漠然と頭に思い浮かべるのだった。確かに、ふたりの瞳は脇に逸れたり逃げ出したりせず、あの時と同じように語らい合い、瞼も震えてはいなかった。だが、わたしたちはどちらも年老いていた。肉体にも精神にも、うっとおしい湿り気、よけいな湿り気によって目がにじむのを防ぐ力は残っていなかった。わたしたちは今や相手の不幸を見極めつつあった。だがそれも、この湿り気がヴェールになってかすんでしまうのだった。ヴェレンゾーンは少しずつ、自分に対する信頼を失っていった。わたしの方でも気力がなくなった。わたしたちはあるがままの自分たちに戻ったのだ。国境近くのふたりの死者、旅に失敗し、口をつぐむふたりの死者に。

四　オーロックス

当局は、ピルグリムの更生を促すために一軒の家を用意した。彼に立ち直る機会を提供し、コロニーの公式美学、ならびに公共の利益により合致した諸価値に基づいて、今ある草稿を書き直させようとしたのである。だがその家は、みしみしと、おそろしいまでにみしみしときしむ家だった。プレハブ式のばかに小さいバンガローで、部屋はひとつ。キッチンと呼ぶには大げさな炊事場があり、それとは別に大きな流しとトイレがあった。水は来ていたが、電気はつかなかった。ピルグリムは旅行鞄の中身を広げたが、最初の晩は、家のきしむ音のせいで、一瞬たりとも目を閉じることができなかった。床や壁は、まるで痛々しいひずみに取り憑かれているようだった。誰かがそこで、長いあいだ猛烈に苦しみ、その絶望のこだまが今も建物のそこかしこに住みついていたのだった。

ピルグリムはみしみしいう音に話しかけた。仮拘留中に壁の声を聞くことを学び、その声に応答するようになっていたのである。ほんの僅かな不幸でも、無機物の中に痕跡をとどめる。ピルグリムはこうした痕跡を、男たちや女たちの記憶に変換する術を学んでいた。それを自分の記憶に混ぜ合わせれば、仲間ができたようなもので、彼の気持ちも和らぐのだった。

家の中は常時なま暖かく、薄暗かった。たったひとつの窓にはガラスが入っていなかった。それは通りに面しており、多少なりともプライバシーを守るためには、網戸代わりとなっているチュールのカーテンを開けないようにしなくてはならなかった。日光を遮っているこのカーテンをずらすと、物見高い人びとの眼差しがすぐさまピルグリムのもとに注がれる。ピルグリムの顔は、日夜問わず足繁く行き来する通行人たちの顔と、ちょうど同じ高さのところにあったのである。

通りはアーケード状になっていた。分厚く汚らしいガラス張りの屋根が上空を覆っており、宇宙全体がちっぽけなトンネル状の世界に縮小されてしまっていた。無線でがなり立てる警察の叱責を耳にしながら、半自由状態の服役者たちが群れをなし、切れ目なく通り過ぎていた。そのテンポには常軌を逸したところがあり、突如混乱が生ずることもしばしばだった。パニックが頂点に達すると、女たちは叫びながら走り回り、男たちは殴り合いとなった。倒れ込む者たちも何人かいた。

住まいの雰囲気を陰鬱にしている薄暗がりがいやになると、ピルグリムはみしみしいう音に向かって親しげに外出を告げ、家の留守番を頼む。そうして外に出、人混みに紛れ込むことにしていた。通りの先には骨の山《オシュエール》が築かれており、その向こう側へは進めなくなっていた。ピルグリムは歩いてそこまでやってくると、その日の気分で来た道を引き返したり、あるいは立ち止まって時間を過ごし、山と積まれた膝蓋骨や胸骨、顎骨やら鎖骨やら椎骨やらの中に、誰か知っている人が混じっていないかと、注意して見た。だがいくら目を凝らしても、誰も特定することはできなかった。

通りは長く、その両側にはコンテナーやピルグリムの住まいに似た小屋が建ち並び、また政府直轄の店舗や拡声器が、ところどころ、そのあいだに割って入っていた。帰り道、ピルグリムは牛乳やタバコの配給切符を差し出し、望んだものを受け取る。そうしてから家に戻り、タイプライターの前に腰を下ろすのだった。

ピルグリムの学位論文は、十六世紀の終わり、オーロックスの最後の群れがヤクトロフカの森で絶滅した状況を詳述していた。委員会は彼の小説風の筆致に異議を唱えた。また、一六二七年十月十二日に檻の中で死んだオーロックス種の最後の一頭に対し、彼が示した同情の念を嘲弄の種にした。非難の矛先は彼の人間関係にも及んだ。ピルグリムはコロニーの敵たち、それにヤクトロフカの哺乳学正教授の殺害を自画自賛していたアナーキスト・グループと繋がりがあったのだ。

ピルグリムは、この教授が熱狂的殺害者たちの標的となるよう企てたと告発されていた。教授が教え子たちの面前で喉をかき切られる結果となったのは、彼のせいだというのだった。息の詰まるような薄暗がりの中、ピルグリムは突然この正教授の名を思い出そうとし、著名な哺乳学者について書き込んだ資料カードを繰っていった。すると外で不穏などよめきが起き、誰かが一方的にぶちのめされ、袋だたきに合う音が聞こえてきた。ついで一人の男が、家の入り口に投げつけられた。

ピルグリムは玄関へ行って扉を開けた。足下にぐにゃりとした形のものが転がっていた。彼は初め、それが死んだ物乞いか大型の哺乳動物で、そのいずれかが殴る蹴るの暴行を受けたうえでおかしなぼろを着せられたのだと思った。だがその物体はぶつぶつ言い始め、形もはっきりと人間のそれをなしていた。ピルグリムは身をかがめた。男は倒れ込んだ際、両膝両手を擦りむいていた。ピルグリムは家に入って傷を洗うよう勧めたが、男の方は流しに行くよりベッドに腰掛けたがった。そして一旦ベッドまで来ると瞼を閉じ、何も言わず、頭をこくりこくりとやり出した。ちょうどインターバル中に力を回復しようとする、グロッキーなボクサーさながらであった。

男の額の巻き毛は不潔な麦わら色をしていて、他の部分のふさふさとした、赤みがかった体毛とは対照をなしていた。角《つの》が切られたところに傷跡は認められなかったが、それでもこぶが残っていた。信頼を置けない存在だった。身につけている衣類は、先刻受けた束の間のリンチでぼろぼろになってはいたが、強制収容所の規範とは無縁の衣装箪笥から引っ張り出されたものにみえた。かつらを被っているんだな、ピルグリムはそう考えながら、男の目の前にある椅子に腰を下ろした。

「あなたがピルグリムさんですか？」この珍客はやっとのことでそう言った。

男は頭を右から左へ揺すり、息を吐いていた。鼻先は黒く、非常に湿っていて、息を吐き出すたびにぶるっと震えるのだった。分厚い両の手は足の上に置かれていて、ズボンのかぎ裂きや血のシミのほか、油や砂埃の汚れを隠していた。そうしたシミや汚れのせいで、倒れ込んだ際、襤褸《ぼろ》を纏っているような格好になってしまったのである。

通りの方では、群衆が静けさを取り戻していた。

家が軋む音を立てた。

ピルグリムはうなずいた。

「わたしは、オーロックス学研究所のあなたのポストに任命されたんです。」相手の男がありませんか？」

そう言った。「コルトレーンと申します。ひょっとして、わたしのことを何かお聞きでは

「いいえ」ピルグリムは言った。

「あなたのポストに就くのだけは避けたかったんですが」コルトレーンが言った。

「あちらの情報をいただけませんか？」ピルグリムが尋ねた。

「研究所のですか？」

「わたしの家族のですよ」ピルグリムは言った。「どうなったかご存じですか？」

「いいえ」コルトレーンが答えた。

ピルグリムはコルトレーンを注意深く眺め、そして牛乳を一杯いれてやった。ふたりは大学に関する四方山話をし、その後コルトレーンが、ヤクトロフカの森や哺乳類学正教授の殺害について話をした。彼も被害者の名を思い出せなかった。ふたりはしばらくのあいだ、一緒になって思い出そうと努めた。まだ凝固しきっていない記憶の片隅を掘り起こしてみたが無駄だった。過ぎ去った時間が戻ってくるたび、ふたりは家が軋むのを聞いた。

「あなたの家、何か問題があるんですか」コルトレーンが尋ねた。

「何でもないですよ」ピルグリムが言った。「わたしたちと違うだけなんです。記憶があるんですよ。」

その後、コルトレーンはかすり傷を流しで洗い、また、ピルグリムの妻に宛てた言づけを受け取ることを拒否した。つまるところ、彼は警察のおとり捜査官ではなかったのだ。捜査官なら、監視委員会への手みやげになると考え、言づけを受け取ることを躊躇しなかったろう。そうしてコルトレーンは家を出ていった。

ピルグリムの方は、その後も十六年、十六年半、そこに留まった。そうして彼もまた、家を出たのだった。

五　ヨーロッパヤマコウモリ

一艘のボートが、わたしたちのボートの右手を、同じような速度で進んでいた。姿形の似たボートで、オールが水を掻く様子も、わたしたちのボート同様に滑らかだった。腰掛け板には、顔に京劇の将官さながらの化粧をした三人の男が座っていた。一番後ろに腰掛けている男は、身体を動かしていなかった。耳には聞こえぬ激励の文句や祈りの言葉を発していたのだ。他のふたりは、調子を合わせて漕ぎつづけていた。オールが立てるさざ波のリズムに合わせ、身体を突っ張ったり揺らしたりしていた。二艘のボートから聞こえる呼吸音がぴったり重なり合っていた。わたしたちの姿は混じり合ってひとつになっていた。

ちょうどふたつの鏡が互いを映し合うように。

わたしたちのボートで、闇夜にしっくりと調和する顔つきをしているのは、パークヒルとわたしだけだった。パークヒルの顔は黒い顔料の下に消え去り、その代わり明るい青と白で描かれた蝶の羽が浮かび上がっていた。このように化粧してみると、彼は『ルゥ・ホワ川』のウー・リー・ヘイにそっくりだった。わたしの化粧も似たような色調で、漁師に扮したジャーン・フェイの顔を彷彿とさせた。

ラーセンはというと、顔にしっかり化粧する時間がなかったのだ。出発ぎりぎりのところでボートに飛び乗り、追ってきた犬たちから間一髪で逃れることはできたのだが、さざ波のきらめきによって一段と明度を増した月明かりの下では、白亜色に塗られた彼の容貌が誰かを想起させるということはなかったし、何を物語るというのでもなかった。

遅い時刻だったが、遠くまで見渡すことができた。上流の方には、カービン銃数発を浴びながら通り過ぎた川の湾曲部や、生い茂った土手が見えた。この土手は、アシが密生しているところもあれば、髪のようにしなだれている木々の枝やコケのせいで、また生い茂った葉の重みで重くなり、引きつり、ねじ曲がった木々の枝のせいで、黒々としているところもあった。ついで下流の方に目をやると、わたしたちが目指している別の湾曲部が見えた。その先には船着き場の桟橋や集落があるだろうし、世界の果てまで連れて行ってくれる乗り物も見つかるかもしれない。そう期待していたのである。

空は明るく美しい黒色をして、時折、コウモリ（幸運のしるし、さらには幸福のしるしであると言われている）の鳴き声にくすぐられて、震えていた。清らかな月のかけらが絶えることなく溶けては赤く染まり、溶けては黒ずみ、再び銀色に輝くと思えば命絶え、また息を吹き返す――その舞台となっている炉壺からは、コイの香りが立ちのぼっていた。

「気をつけろ！」突然しゃがれ声が聞こえた。

おそらくはパークヒルの、さもなくばわたし自身の声だった。

わたしは目を覚ました。

共同寝室の暗がりは、寝心地のよいものではなかった。常夜灯が建物のまわりを煌々と照らしているため、消灯後、窓の前に作業着上衣やシャツや雑巾をぶら下げてみても、明かりが容赦なく入り込んでしまうのである。寝台のあいだをすり抜けて走るこのどぎつい光が、わたしたちの眠りを恒常的に邪魔しているのだった。

わたしは立ち上がり、パークヒルのベッドを通り過ぎて小便をしに外に出、その後、コンクリート・ブロックでできた入口前のステップにしゃがんで腰を下ろした。暑い夜で、星は見えなかった。収容所の入口や有刺鉄線、主要防護柵が投光機によって照らし出されていた。常夜灯の前では、食虫性のヨーロッパヤマコウモリが旋回していた。そのときわたしはふと思い出した。自分の見た夢のこと、間近に飛んでいたコウモリやその鳴き声、そして幸福について思いを巡らせたこと。寝つけない者が何人か、金網に沿ってそぞろ歩いていた。わたし同様アンダーシャツにパンツといった出で立ちでタバコを吸い、古き良き日々に思いを馳せている者もいた。

わたしの後ろでドアが開いた。軋む音はしなかった。わたしたちは蝶番に油をさしておいたのだった。夜中じゅう、何度も飛び起きる羽目にならないようにと考えてのことだったが、それくらい人の出入りが激しかったのである。

「寝つけないんだ」そう言う声が聞こえた。

ラーセンだった。

「これだけ暑けりゃね」わたしは返した。

「てっきり雷雨になると思ってたんだが」ラーセンがため息混じりに言った。

「雷雨は、むしろ朝方に来てほしいけど」わたしは言った。

「涼しくなるしな」ラーセンが言った。

ラーセンには、京劇の化粧に関する手書きのモノグラフがあった。それはこの分野で最も優れたものの一つだった。全部で三部存在し（それは彼の学位論文だった）、どれも図解豊富だった。一部はわたしの寝台の下にあり、もう一部は彼の持ち物の中、予備のズボンと『実践哺乳類学教説』（パークヒルが彼にあげた本）とともに保管されている。最後の一部は監視委員会の上層部へと、段階的な手続きを踏んで送付された。もう六十八週間前から、ラーセンは評価が下りるのを待っている。彼は三部とも、非常に丁寧に清書した。化粧の挿絵を描くにあたっては、わたしたちが大量に所有していた証明写真を利用した。化粧筆の巧みな動きを再現し、写真の上に曲がりくねった斑点を描いていったが、それが人間の顔を華美なシンボルへと変貌させるのだ。わたしが保管している版の下では、わたしは八度も登場している。わたしはムゥ・イーン、ジアーン・ジョーン、チャイ・グイ、ボー・ルオ、ジャーン・ホーア、ファーン・ローン、ジャーン・フェイ、バオ・ジェンなのだ。

「友達だけで会うってのはいいもんだ」長い沈黙のあと、ラーセンが言った。

奇跡のような束の間の時間は、この上なく恐ろしい告白をするのにぴったりだ。

「実は俺、人殺したちのために働いてたんだ」わたしは言った。

「それで?」ラーセンが言った。「人殺しの方に理があったってことだろ?」

二本目のタバコを吸ったあと、わたしは寝台へ戻って横になった。共同寝室の風通しはよかった。にもかかわらず、こもったにおいがし、タバコや汗ばんだ身体のにおいが鼻をついた。わたしはふたたびシーツにくるまった。ついこのあいだ洗剤で洗ったばかりだったが、その感触は心地のよいものではなかった。窓の前にぶら下がっている衣服は、はっきりした輪郭を失ってしまっていた。案山子にさえ似ていなかった。数人の男がいびきをかいていたが、うるさくはなかった。わたしの神経は昂ぶっていた。タバコを吸ったせいでもあるが、先刻の夢を事細かに思い返し始めていたせいでもあった。その上、あの夢にどんな続きがありうるか、川からの逃亡が成功する可能性はいかほどかと考えを巡らせており、眠気が訪れるような状態にはなかったのだ。入口のドアは開いたり閉まったりしていた。充分に油を含ませても、蝶番は音を立てるのをやめなかった。わたしは自分たちの運命を考えていた。外には小声で話している者たちがいた。彼らの交わす当たり障りのない言葉やくたびれた声が耳に入ってきた。ヨーロッパヤマコウモリが、甲高い声で鳴いていた。

しばらくして、ラーセンが寝に戻った。彼の寝台は窓の近くにあった。朝方、雷雨が始まった。

さらにのち、二年ののち、わたしたちは川から逃亡しようと企んだ。パークヒルは弾丸を受け、ボートの上で死んだ。ラーセンは川に飛び込み、その体は発見されなかった。わたしはまた捕まった。
ラーセンの本は処分された。
ここにはもう見当たらない。きっと処分されたのだろう。

六　トカゲ

一九一四年の夏、ポーランドでのことだった。わたしの祖母はトカゲを一匹捕まえた。祖母は身をかがめ、その生き物の上ですばやく手のひらを閉じた。その後立ち上がったが、まるでそのまま動くことができないかのようだった。拳の中には、ささやかな獲物が閉じ込められていたのである。

道にひとけはなかった。丈の高い草の茂みと数本のイラクサ、白っぽい砂利と、市街地のへりに建つ建造物（一棟の工場といくつもの倉庫）のシルエットが、わたしたちを取りまいていた。土手の傍らでは、日の光が砂粒の表面で戯れていた。ここでわ、た、し、た、ちという表現を用いるのは、八月十六日のその日、まだ若く美しかった祖母に対する友情の念からであり、また捕まったトカゲへの同情の念からだ。トカゲは懸命に、その小さな爪を立てようとしていた。孵化したのは五週間前のことだったが、何の不安も覚えずに過ごすことのできる生命最初の時期は過ぎ去ろうとしていた。

すこしばかり時が流れた。胸郭と肢を挟んでいた指の力が少しずつ弱まっていた。小さな被造物は逃げ出した。もう手のひらの上で脈打つものはなかった。釈放と引き替えに残されたのは痛ましい代償、三センチメートルの尾で、その先端からはねっとりとした血の滴が滴り落ちていた。見て気持ちのいいものではなかった。

五〇年代に幼少期を過ごしたわたしは、こんな風に手で小動物を捕まえることがあった。標的となったのは、キリギリス、ザトウムシ、ハイイロトカゲ、コガネムシ、コロラドハムシ、ケムシ、アリジゴクであった。闇が、わたしたちのうちに住みついている。捕食者の欲動が、わたしたちを突き動かしている。わたしたちは長い時間をかけないと、恐れおののいて飛び跳ねる生き物を大切に扱うようにはならない。太古の昔から受け継がれている醜い指令に従って、か弱い存在やつましい生命を、長いあいだ、面白半分に抹殺して顧みない。わたしの記憶に蘇るのは、一匹のトカゲから引き抜いた体の一部を、親指と人差し指で締めつけた日のことだ。この肉は身をくねらせていた。どうしていいか分からなかったので、わたしはそれを投げ捨てた。

闇と愚劣さが、わたしたちのうちに住みついている。

一九一四年八月、祖母は、爬虫類動物に何の哀れみも感じていなかった。彼女は、まだ生々しいあの死んだ断片をじっくりと観察した。そして、それが自分に幸運をもたらし、戦争の激しさやその不幸な偶然から身を守ってくれるかもしれないと考えたのだ。実際それは誤りではなかった。祖母はその後、東方へと少しずつ移住し、ついで老いと死へ向かっていったのだが、その間ずっと、トカゲの尾は彼女と運命をともにしたのである。祖母はそれを手帳のあるページに貼り付け、日付、ならびにオストロヴェッツという地名を記すと、その後決してなくさないように努めたのだった。この手帳は現在わたしの手元にある。今も眺めているところだ。トカゲの尾は、まだちゃんと貼り付いている。少ししなびてはいるが、腐敗することなく一時代を生き抜いたのだ。

尾をハンカチで包み終えると、祖母は周辺の様子により注意を払うことができるようになった。大砲の轟く音がしていた。四十キロメートル離れたところで、オーストリア軍とロシア軍が、サンドミエシュの制圧を目指して戦闘を繰り広げていたのだ。すばらしい天気だった。近くには養蜂舎があったにちがいない。ミツバチが、人間のあいだで始まった新たな戦争には気も留めず、あちこち飛び回っていた。すでに述べたとおり、わたしたちのいたところは街の外れだった。風が樹脂のにおいを運んでいた。遠くに見えるモミの木の茂った丘は、濃い緑色をして、いかにも平穏そうだった。サンドミエシュに続く街道では、弾薬輸送隊、それに負傷兵を送還する荷車が、車体を揺らせ、立て続けに通過していたが、そのほとんどが木々の陰に隠れて見えなかった。木々の上に立ち上る砂埃が何とか目に入る程度だった。

そうした眺めに見入っていた祖母の目に、突然一台の飛行船が飛び込んできた。

飛行船は、前線に通じる街道の上空を飛んでいた。それは水銀色をした、見事なまでに奇妙な敵軍の前衛的な兵器だった。ロシア軍は、この飛行船が自分たちの前線上空に侵入するや否や射撃を試みたが無駄だった。双眼鏡で観察していた士官らは、ひとりの男がコクピット内部から身を乗り出していることに気がついた。男は強力な光学機器を彼らの方に向け、そうして得た情報を参謀部作成の地図に記していた。

この男は明るい色の目をし、前頭部が若干薄くなっていた。名はコルネリアス・フィッツマン。彼が情報収集任務を託されたのは、その厳密な、科学的観察能力が軍部に高く買われたからであった。だが、航空機操縦能力に関していえば、それを裏付けるような不断の訓練があったわけではなかった。実を言うと、フィッツマンにとって今回が初めての飛行だったのだ。軍務についていないとき、彼は動物学を専門にしていた。とりわけ熱中していたのが、コウモリ、そして霊長類亜目の動物の一部で、後者については戦後、もし戦争を生きのびることができるなら、その形態と習性を研究したいと考えていた。

フィッツマンは戦争を生きのびた。わたしは彼に強い好意を抱いている。そのわけは、彼の生涯に関する簡単な記述を読んでもらえればお分かりになるだろう。祖母と彼のあいだに恋愛談などあればここでお話ししたいところだが、残念ながら飛行船は空高く飛行していた。ふたりのあいだには、プラトニックな関係さえ成立しえなかったのである。

というわけで、コルネリアス・フィッツマンの波乱に充ちた生涯について、簡単に記していこう。一九一九年、彼はスパルタクス団の蜂起に参加。獄中では、仲間の囚人たちに哺乳類学の授業をした。二〇年代に入ると、マレー半島のツパイについて論文数本を執筆。その後コミンテルンの地下活動に専念するようになるが、小動物に奉仕することへのノスタルジーが頭をもたげ、歯列、下舌、毛並みに関する考察に傾倒。ハンブルグの動物園で働き、檻の掃除をしていたが、彼に注目する者はいなかった。

一九三八年には、マラッカ半島のハネオツパイに再び熱を上げ、これを原猿亜目の下位に位置づけるかどうかを巡る論争に関心を抱いた。フィッツマンは、このマイナーな哺乳類動物が食虫性ではないことを証明した研究グループで、決定的な役割を果たした。その後、ナチスが彼のイデオロギー的係累の調査を開始し、動物小屋の周辺を監視し始めると、彼はモスクワに発ち、アーリア種族の毒牙からすんでの所で逃れた。その頃、フィッツマンが世界革命の首府だと考えていたこの街に、もうわたしの祖母は住んでいなかった。彼女は夫であるトグタガ・ウズベクについて、シベリアに移住していたのである。ふたりの運命は、またしても交わることがなかったわけだ。わたしには、それが残念でならない。というのも、ウズベクと祖母は、喜んでフィッツマンを仲間に加え、彼を闘争と不幸の同士さながらに遇したはずだからだ。

コルネリアス・フィッツマンはモスクワで、マス・ツーリズムの聖地に足を運ぶ時間はなかった。せいぜい、ジェルジンスキー広場のジェルジンスキー像前を半時間ばかりうろつくことができたくらいだ。それも、政府機関の出頭命令より早く到着したからだった。

フィッツマンの足取りはここで途絶える。彼が再び姿を見せるのは極東の地においてで、そこで彼は森林の伐採に携わっている。フィッツマンは年老いている。情熱は衰え、動物学にもかつてのように夢中になれない。晩は横になって眠ってしまう方がよく、当地の動物相について一席ぶったりすることは控えている。

ついにある朝、刃の入れ方を誤ったカラマツがぐらつき、予想だにしなかった方向に倒れはじめる。フィッツマンは自分がその落下地点にいることに気づく。横にひとつ飛びしなければ、つぶれてぐちゃぐちゃになることは分かっている。だがフィッツマンはその場を動かない。

七　結び

　山中、かなりのスピードで車を走らせていたときのことだ。わたしは突然、中くらいの大きさのイエタナグモが、目の前の日よけの縁を歩いているような感覚に襲われた。常日頃、クモに対して病的な恐怖感を抱いているわたしは、運転席で激しく取り乱し、車を運転するどころではなくなってしまった。車は車道から逸れた。それに続いた痛ましい八分の一分間は、取り乱した叫び声や惨劇の予兆とともに一瞬一瞬が重なり合うようにして過ぎ去り、その後車は動かなくなった。

　まわりでは、すべてが砕け、ねじ曲がっていた。ふたりの身体も同様の運命を辿っており、鋼板が歪んでできた僅かな隙間に、ぴったりと収まっている部位もあった。まるで事故の瞬間、金属の襞のうちに緊急避難し、陰湿な螺旋や殺人的な窪みと何としてでも一体化しようとしたかのように。わたしたちは、そうしたものの奥底に滑り込んでいた。わたしたちは、その真ん中に横たわっていた。

クモの方は、おそらく何事もなかったかのように外を歩き回り、人目につかぬ世界や小さな窪地の不吉な探訪をつづけていたことだろう。ただし、わたしたちの話におけるこのクモの役割はここまでであった。

おそらくは何かが切断され、それが元通りにならなかったせいだろう。わたしは一切苦痛を感じることがなかった。そのことを嘆こうとは思わない。マリア・サマルカンドの顔が数センチのところにあったが、その運命を非難するつもりもわたしにはない。マリアは目を大きく見開いてわたしを見ていた。流れる血と、信じがたい事実にすっかり動転している様子で、非常に美しかった。

静けさが戻っていた。いや、わたしの聴覚が、触覚や痛覚と同時に失われていただけなのかもしれない。だがそんなことはどうでもいい。静謐は濃く、マグマのようで、すでにすべてを圧倒していた。わたしたちの身体が組み込まれていた残骸に炎は上がっておらず、これ以上動くこともなかった。わたしたちふたり、マリアとわたしは、心穏やかに互いを観察していた。

わたしはマリアを落ち着かせる前に息絶えてしまうことを恐れていた。わたしは言った。

「北京でのこと、夜になると人びとが、木々の下で踊っていたのを覚えているかい?」

マリアは答えることができなかった。だがまぶたを軽く閉じることで、覚えているわと合図した。

わたしたちは粉々に崩れはてた自分たちの顔面に、ほほえみを取り戻そうとしていた。ふたりのあいだに最後のイメージが通り過ぎ、愛情が、心落ち着かせる愛情が通い合った。

わたしたちは六月に北京で見た夜会を思い出した。コンクリートの地面の上、トランジスタ・ラジオから流れる音に合わせ、生暖かい埃の上がるなか、人びとが踊るワルツには、素朴な幸せがあった。そこにあった木々についていては、植物学的調査をする時間もないので、ボダイジュと言っておくことにしよう。シュエン・ウー・メン大通りのボダイジュだ。

わたしたちは、コロニーの外、ヌーヴェル・テールの外へと、本当に遠くまで旅してきた。

わたしたちは、さらにずっと遠くへと旅立とうとしていた。

わたしたちは、ふたりの思い出以外何も感じないまま見つめ合っていた。

わたしたちは、さらにずっと遠くへと旅立とうとしていた。

一緒に。

Ⅱ　ジャン

バティルジャンはあまりスヴァナ・ヒルが好きではなかったが、先刻囚人のポケットの中にあったものを取り出してみたところ、タバコが一箱、それにライターがひとつ、小銭が数枚とハンカチが一枚テーブルの手の届くところにあったので、トントンと小突いてタバコの箱からスヴァナ・ヒルを一本抜き出すとゆっくりと火をつけ、黙ったまま、ジャン・ウラセンコの不安げな顔つきをじっと見つめていた、その後バティルジャンの眼差しはウラセンコの背後へと向かい、そこにぐるりと円い線（無論、ヴァーチャルな線だ）を描いたのだが、ふたりがいるのはかつて洗濯場であったところで、息せき切って声を荒げたりすれば、小石が水面を跳ねるように言葉が反響するのだった、さて、タバコの煙がたゆたい頭の周りを羽根飾りのように覆いだしたころ、バティルジャンは残りのタバコを空軍ジャンパーのポケットに滑り込ませると、こう口にしたのである、**ウラセンコ、あんたはどこまでも巧妙に隠し通そうとした、こうなったのもそのせいさ、**するとウラセンコは、バティルジャンが用いた呼び名について訂正を求めて不平を漏らすのだった、**わたしがかつてウラセンコと名乗っていたことは事実ですが、それはわたしが死に、更生するずっと前のことですし、生き返ってからというもの、監視委員会は別の名でわたしを呼んでいるのですから、バティルジャン、どうぞそのことをお忘れなく、**さらに少し間をおいて、**あそうそう、ウラセンコの名のもとでもう一度破滅させてやろうとお思いなら、どうぞご遠慮なく、**とつけ加えたので、バティルジャンは新たにタバコを吸って言った、**これまでわれわれの関係を特徴づけていたのは、互いを親しげにお前呼ばわりすることだったはずだが、あんたはそうした習慣を捨てることに何のためらいも示さなかった、そのことだけから考えても、ウラセンコ、あんたがわれわれの一員に戻ったときに達していたという精**

神的均衡が、ずいぶん脆いものだったことは明らかだ、つまりあんたが再びわれわれの仲間入りを果たしたと思ったとき、その思考を支配していた分裂症的システムには限界があったということだ、するとウラセンコが眉を上げ、もっと掘り下げた議論を期待していることを態度で示したので、バティルジャンは続けてこう言った、あんたはリハビリ施設を出て、模範的警察官の外見や立ち居振る舞いを身につけたが、ウラセンコ的根幹部分のうち、除去しきれなかったものがあったのだ、俺が言いたいのは、勇気や献身や規律感覚といった資質のことじゃあない、それが新しく生まれ変わってなくなっているなんてことはわれわれも望んでいなかったのだからな、そもそもわれわれは、あんたが前世において備えていたそうした資質を随分高く買っていたし、少なくともヌーヴェル・テールにおける海外任務、重要任務を信用して委ねるくらいには評価していたのだ、するとウラセンコは突然声を荒げ、お言葉ですが、あなたの仰る重要任務とは殺害任務のことでしょう、とすごんでみせた、その語気の激しさは、カビでしみのできた四方の壁に反響し、また水道管を通じて、少なくとも六〇年代の終わり以降、汚れたシーツをじゃぶじゃぶ洗うことのなくなったスレート製洗濯桶にまで達するほどであったが、バティルジャンはうなずいて、**そうだ、そう言っても構わん、ウラセンコ、殺害任務って表現の方が好みならな、**と答え、そして前方の事務机の上、告訴書類の入ったゴムバンドつきファイルのそばで開いたままにしていた自分の両手に煙を吐き出して言った、**俺はな、そういった任務を与えられたときはこう言うようにしている、つまり監視機関の金で留学に出る、ないし海外でヴァカンスを過ごしに行くとね、曖昧にしておくのさ、**するとウラセンコは顔に陰鬱な表情、非常に陰鬱な笑みを浮かべ、**殺害ヴァカンスさ、**と一歩も引き下がらずに口にしたため、ふたりは数秒のあいだ口ごもったまま、自分自身の記憶の深みに沈み込み、またヌーヴェル・テールへと、敵の収容所のただ中へと忍び込んでいった際に、その旅路のそこかしこに刻みこまれざるをえなかった名状しがたい秘密のなかに沈潜することになった、その後バティルジャンは舌で唇をしめらせ、**要するに俺が言いたいのはそうした資質のことではなく、**と口にしたが、しばらく間をおいて言い直した、**俺が問題にしているのは、例の接近不可能な夢の領域のことだ、あんたはこの領域に手を入れることをせず、記憶や無意識の中に**

放置しておいた、ただそのいくつかの断片的要素については、かつて小説の主人公さながらにマリア・サマルカンドを愛し、マリアとともに奇妙な本、奇妙な非合法冊子を書き上げることに余暇を費やしていた頃に露わにしたことがあるがな、これを聞いたウラセンコは顔をそむけ、スレート製洗濯桶の裏にある埃っぽい天窓へと目を向けたが、そこにあるのは夜半過ぎのどろどろとした漆黒であった、というのも時刻はすでに遅く、おぞましいほど黒々とした時間だったからだ、そうしてウラセンコはその漆黒の空間に思いを馳せた、やつらのせいで叫び声を上げればその叫び声を聞くことになり、殺されればその死を受け入れることになるはずのその空間、話すことを強いられようが沈黙することを強いられようが、口にしてもいないことがまるで花が開くように厳然と存在することになる空間のことを、そしてその六秒半後、バティルジャンは再びウラセンコ内部に隠され閉ざされたままの世界や構築物について語りはじめ、彼らが入り込めないそうした世界や構築物のおかげで、互いに矛盾することもあればそうでないこともある二、三の誠実さを、ウラセンコは別々のものとして、並行して装うことができたのだと弁じ立て、さらにこうした考えを例証するためにマリア・サマルカンドの取り調べを引き合いに出して言うのだった、**我々の目の前で、顔色も変えずにやってのけたのもそのためさ、つまり最初の人生の大切な部分を分かち合ったあの女、情熱を込めて愛したかつての同士であるあの女の拷問をね、**するとウラセンコは気色ばんでバティルジャンの言葉を遮り、椅子から立ち上がろうとしたが、右の手首と左の足首が手錠で椅子に固定されているためうまくいかないのだった、そこで腰を掛け直すと、マリア・サマルカンドにとって自分は十五年前に警察に殺害された人間で、とっくに傷は癒えているはずであり、また取り調べのあいだ、かつての伴侶であったあのジャン・ウラセンコと、自分を拷問にかけ、虐待している特務捜査官とを結びつけているようには見えなかったと主張し、苛立った様子で手錠を引っ張り、手足をしきりに動かしたので、バティルジャンは立ち上がってウラセンコに平手打ちを食らわせ、**マリア・サマルカンドの心境なんてどうだっていい、忘れるな、今取り調べをうけているのはあんたなんだ、**と言うと青ざめたウラセンコの顔に青灰色をした煙を吐きかけたが、それはスヴァナ・ヒルの煙がいつもそうであるように、刺激の強い煙だった、さて、ウラセンコが赤みを帯びた鼻水を軽くすすり、落ち着きを取り戻しつつあったところ、捜査官の方はマリア・サマルカンドについて、そしてマリアが十五年前、九〇年代の初めに東南アジアで参加した任務について、つまり監視機関がロゥ・スィー・ローン団とマチャド団を追いつめた際、ウラセンコとマリア・サマルカンドに金を出して出発させた例の殺害ヴァカンスについて比較的公正な情報を口にし、さらに話題を変えて、マリア・サマルカンドの作家としての才能を褒めそやし、マリアのポエジーに言及しはじめた、バティルジャンの言葉は水道管に沿って勢いよくはね上がり、夜闇と度重なる取り調べのせいで劣化した壁をかすめて通り過ぎるのだったが、ウラセンコはバティルジャンを遮り、**わたしたちが共同で、ポスト・エグゾチスム的なテクストや掌篇《ナラ》を書いたのは厳然たる事実さ、**と言い、次いで、**それは愛の営みのひとつ、官能の悦びを目的とすると同時に生き延びることを目指す操作のひとつで、それをわたしたちふたりは人目を避けて行っていたのさ、あなたには、こういった分かち合いが理解できないんだ、**さらに、**だがマリアは昨日、わたしがウラセンコの生まれ変わりだとは想像だにできなかった、何しろウラセンコは、十五年前、**

自分の目の前で警察に処刑された男だったんだからな、さらに、二度目の人生だの二度目の誕生だのといった考えが受け入れられるようになるには、前もっていくつもの施設や収容所に長い間滞在することが不可欠なんだ、さらに、わたしが言いたいのは、本当の意味で受け入れる、つまり文学的なまやかしに一切頼らず受け入れるということだ、と言うとバティルジャンが口を挟み、奴の滞在も始まっている、じきに受け入れるさ、と言い、さらに今や問題は別のところにあると説明を繰り返すと、ウラセンコの左耳にスヴァナ・ヒルの吸いさしを押しつけながらこう言うのだった、マリア・サマルカンドの反応なんてどうだっていい、われわれが関心を持っているのはあんたの反応だけだ、そして、あんたはマリアを虐待するあいだ、同情するような素振りを少しもみせなかったが、と続けると、あなたに何が分かるというんだ、バティルジャン、同情のメカニズムの何が分かるというんだ、とウラセンコが反論し、小声で問うてきたので、バティルジャンは頭を横に振り、マリア・サマルカンドを前にすれば、ウラセンコ、あんたも意気地をなくすだろうとわれわれは考えていた、監視機関の方もそうなることを望んでいたのさ、と言った、そうして口を閉ざし、容赦無用とばかりに囚人に数発食らわすとこう続けた、**そうなってくれなくちゃならなかったんだ、ウラセンコ**、すると囚人が当惑した様子を見せたので、これまでより下卑た調子でつけ加えた、**あんたのマリア・サマルカンドには、もっと多くのことを吐かせてやりたかった**、さらに、**だが奴はあんたと同じだ、くそったれの同じ金属の中に溶かし込まれ、くそったれにして不可解で、そのくせはっきりと敵対することもない同じ物質の中で凝り固まっていやがる、奴は、自分が擁護すると言い張っている真理とは相容れない何かを自分の中に隠し込んでいるんだ**、さらに、**奴は大事なことを何ひとつ自供していない**、と言うと、ウラセンコのやけどした箇所を引っぱたいて言った、**あんたもだ、あんたも何ひとつ自白していない、割り当てられた役割を演じるだけ、それを完全に演じているだけだ**、そして、**だがあんたのなかには、何か外部の力、敵とは言えないものの俺たちにとっては未知の力に忠誠を誓った跡がそのまんま残っている、監視機関はずっとそのことに頭を悩ませてきたんだ、俺たちはあんたの裏切りの中核を突き止めてやろうとしたがうまくいかなかった、あんたの更生期間中、数千時間にものぼる断続的な不眠状態を**

課したというのに、それに何度も死を通過させ、その後生まれ変わらせてやったというのにだ、死は本物の死でなかったとはいえ、単なる見せかけでもなかったし、その後の蘇生だって単なる見せかけじゃあなかった、だがそれでもうまくいかなかった、マリア・サマルカンドの取り調べを担当させることで俺たちが望んだのはそうしたこと、中核を突き止めること、その内部に入り込んで隠されていることを知ることだったのだ、バティルジャンはさらに続けていった、あんたたちふたりを対面させ、身体的・精神的打撃をふたり同時に味わわせてやれば、捜査も進むだろうというのが俺たちの目算だった、それにふたりの文学的放浪の成果とやらの分析に取り掛かれば、あんたもそれが見つかってしまったことの恐ろしさに耐えきれず、無意識的にせよそうでないにせよ、ポスト・エグゾチスム的とかいうメッセージの解読を始めるだろうと計算していたのだ、あんたがたは手を尽くし、自分たちの生きているあいだ、このメッセージが漏れ出ないようにしていたし、マリアにしてもあんたにしても、何としても俺たちの手からは守ろうとしていたんだからな、そうして二本目のタバコに火をつけると、いいか、俺が俺たちと口にするとき、それが指すの

は監視機関だけじゃあない、この俺たちのなかには、コロニーとその外敵も含まれているんだ、そうしてウラセンコの顔に痰を吐きつけるとこう言った、**この俺たちにはな、人類の敬うべき全体、ほとんどすべての人間が含まれているんだ、そしてその中にあんたやマリアは入っていないということだ、**さらに、ウラセンコが反応を見せるのを拒んでいたので、バティルジャンはウラセンコを椅子ごと突き倒して洗濯場のドアのところに行き、テープレコーダーに聞き耳を立てているふたりの私服警官に声を掛けたが、このふたりはひどく退屈していたので、不平をこぼすこともなくカードゲームを中断して近づいてきた。バティルジャンは暴力に関して、越えてはならない一線があることをふたりに説くと出て行った。ジャン・ウラセンコはセメントの床の上で、椅子に繋がれたまま横たわっていた。椅子から突き落とされた際、その最後の瞬間に、右腕は背もたれの下敷きになり、頭は床を強く打ちつけていた。ウラセンコは先刻から、二度目の人生も終わりを迎えているのだと感づいてはいたが、そのことに恐怖を覚えてはいなかった、ただ十五年前と同様、監視機関が自分にどんな運命を用意しているのか、再び命を取り留めるという試練と、それに伴う非–改悛、忘却と、あらゆる死の彼方への彷徨、生まれ変わったのちに必ず始めることになるあの漂流を課そうとしているのかどうか分からなかったのだ。両の眉毛の上を流れていた血が突如として眼球にまで溢れ、すると間もなく、世界とウラセンコのあいだに肉の色をした液状のヴェールが広がった。ふたりの私服警官はウラセンコを立ち上がらせ、足首と手首の手錠をはずしたのち、今度はその手錠を用いてウラセンコを水道管にくくりつけて荒唐無稽な姿勢を強いた。ウラセンコは身体が裂け、股間が引き裂かれそうだったので、絶えず右足一本でバランスを取らなければならなかった。さらに、こうした準備が完了すると、ふたりはウラセンコの左手の指を二本へし折ってその様子を観察し、意見を交して嘲り笑った。彼らがウラセンコに激しく襲いかかったのはその後であった。時折ふたりは後ずさりして椅子を掴み、それをウラセンコへと投げつけた。狙っていたのは、睾丸や顔面というより胸郭だった。ふたりは言葉を発さず、ウラセンコに何も尋ねなかった。ウラセンコはなんとか堪え、物があたる前、椅子だの靴だの拳だのが飛んでくる前にうめき声を上げることで、衝撃によって引き起こされる恐怖を和らげようとした。そして一度呼吸を整えると、血の滲んだ両目越しに虐待者たちを見つめ、まだ動いているはずのテープレコーダーと自分自身に向けて、ありったけの数の男女の名をあるいは喚き、あるいは囁いた、とはいえその男女に会ったのがいつのことであったか、最初の人生においてであったか、更生中のことであったか、またあるいはその後のことであったのかはわざわざ明確にしようとはせず、殺害された敵や殺害された仲間の男や女たち、拘留者や乞食団の頭領たち、警官や非主流派芸術家の名を数え上げたが、それは捜査上、何の価値もない名前であり、そのどれひとつとして、ウラセンコが口にするよう要求された名前ではなかったのだ、ウラセンコはただ、**奴らのことを思い出せるのは俺だけだ**、とか、**奴らが生きているのを見たのは俺が最後だ**、とか、さらには**奴らに関して、監視機関が聞いたらびっくりするようなことを俺は知っている**、とまで口にしたが、ふたりの拷問者は殴りつけることしか頭になく、そうした申し立てにはどれひとつとして耳を貸さなかった。奇妙な姿勢で壁にくくりつけられていたウラセンコは、自分の死刑執行人たちの前で身を捩ったり、無様な仕方で飛び跳ねたりしなくてはならなかった。どのくらい時間が過ぎたのかはっきりしないが、しばらくするとふたりは虐待を止め、ウラセンコを一人残して出ていった。洗濯場の扉が軋み、控え室では椅子が動かされ、誰かが磁気テープを変え、生じたハウリングが闇夜を切り裂いた。ウラセンコは窮境を脱しようとして、ぼろぼろの身体を水道管にしがみつかせた。全体重を支えている方の足は力を失いつつあったが、少しでも気を緩め、ぶらさがった状態になると、手錠が肉に食いこんでしまい、股のくぼみで肌がひび割れ、裂けるのではないかという気がした。誰もやってこようとしなかった。意識が遠のいてくれればどれほど楽かと思いながら、ウラセンコはしばらくのあいだ考えにふけった。そして唇を動かし、自分の記憶のなかに棲みついていた生者や死者の名を声を上げずに列挙し続けることで、今この瞬間に僅かばかりの意味を与えようとした。いや、それは同時にオマージュでもあったのだ。ウラセンコは、ヴォルフガング・ガルデル、イレーナ・エヒェングイエン、キュンティア・ベドブル、ヤァクーブ・ハジバキロ、ロー・クエ・チョー、ジャン・ウェルニエリ、ウォン・スーン・ホー、マリア・シュラグといった友人たちや、ロゥ・スィー・ローン、リン・グウィー・チュアやマチャドといった、曖昧な付き合いに留まった者たち、ないし自ら告発したり殺害した者たちの名を、死者という同じひとつの生地のなかに混ぜ込んでいた。ウラセンコは名前の列挙をやめなかった、まるで終わりがあってはならないかのように。するとバティルジャンが再び姿を現した。バティルジャンはウラセンコの手錠をはずし、この囚人が汚らしい肉の塊さながらに、壁際で崩れ落ちるのを平然と眺めた。そうして空軍ブーツの片方の先でウラセンコを押しやり、椅子で抑えてその両脚の自由を奪うと、**どうするか分かっているだろう、ウラセンコ、すべてゼロから始めるんだ、**と言い、この鶏ガラのような男、壁に沿って這うようにしか進めないこの男を蔑むように観察してから、穢れた椅子の上に再び腰掛けるように勧め、さらに手錠がしっかり掛かったことを確認すると、**もう一度最初から始めるんだ、ウラセンコ、**と命じた、だが囚人が何をすべきか躊躇っているのを見ると、**今週、マリア・サマルカンドとあんたは結束を新たにした、無言の結束さ、契りが更新されたんだ、そのことについて話し、俺に説明するんだ、**と口にした、すると何も起こらない静かな間があり、ふたりはスレート製洗濯桶の上方で不気味にまたたき始め、損傷の激しい水道管や蛇口に陰影を与えていたネオン管に目を向けたが、それも束の間、バティルジャンは語気を強め、**説明するんだ、どうしてマリア・サマルカンドは取り調べを行っているのが他ならぬあんただと気づかないふりをしたんだ、あんたもあんたで、取り調べをおかしな方向に進めて失敗させてしまったわけだが、こうしたふたりの共謀関係の根底にはいったい何があるんだ、**と言うと、ウラセンコはもはや原形を留めていないその顔をバティルジャンの方に向け、真っ赤になった眼差しを投げつけると、**俺がマリアの前に跪いてすすり泣いたとしよう、あんたたちはマリアをどうしたっていうんだ、どんな連中に引き渡したっていうんだ、**と発したが、それ以上言葉を継がず、遠くからやって来る苦しみの発作と闘おうとし、そうして突然腹を抱え込んだかと思うとうめき声を上げながら椅子から腰を浮かせ、死の臭いがきつく鼻をつく液体を容器数杯分吐いた、それから姿勢を立て直し、**俺たちには分かっていたんだ、**と言いかけたが、ウラセンコが続きを口にしないので、バティルジャンは事務机代わりのテーブルの後ろに行って腰掛け、『骨の山』のページをめくり始めた、それはウラセンコとマリア・サマルカンドが書いた合わせ鏡のような小品のひとつで、ロマーンスというよりは夢幻的な掌篇《ナラ》と暗唱用短編《レシタ》の小集成であったが、バティルジャンは言った、**監視機関はここ数日、あんたとマリアのあいだに論理的整合性を欠いた結びつき、だがはっきりとした結びつきがあることを確認するに至った、それはこの本の登場人物たちを突き動かしているのと同じくらい論理を欠き、かつ日の目を見るより明らかな結びつきなのだ、**そうしてウラセンコの反応を先回りして、**言葉には気をつけるんだ、ウラセンコ、ロマンチックな回想やら、非時間的なイメージを積み重ね、それを隠れ蓑にして逃げを打とうったってそうはいかないんだ、それにだ、俺たちの知らない契りがある、間違いない、それが、**と口にしたところで言葉を探し、再び立ち上がると、スレート製洗濯桶のところまで歩いて身を乗り出し、そのなかに積み重なっているがらくたを漁って鉛の棍棒を取り出した、そうして囚人の方に立ち戻るや否や、マリア・サマルカンドと彼を固く結びつけたものが何であるのか、別離と沈黙を乗り越えてふたりを再び結びつけたものが何であるのか、それを定義する最適な語を見つけるのに協力せよと命じたが、バティルジャンとウラセンコはしばらく考え込んだのちにひとつの解答らしきものを吟味することになった、いまや歯も砕け、唇も裂けたウラセンコが、口ごもりながらも次のような言葉を発したからである、**たぶん、何か、そう、ある種の結合、ひとつの拒否、宿命と現実の断固たる拒否、すべての拒絶であり、すべてに対する愛、あなたには、**だがバティルジャンは踵を返して腰を掛け、出版されたこともなければコロニー内で回し読みされたこともなく、敵の手に渡った形跡もない例の草稿を前にすると、**時間の無駄だ、ウラセンコ、監視機関が求めてるのは具体的な情報であって、甘ったるい与太話じゃないんだ、**と言い、それを聞いたウラセンコが肩をすくめるのを見ると、椅子を後ろに押しやってウラセンコのもとに進み、振り上げた鉛の棒をその鎖骨めがけて振り下ろした、さらにぐにゃりと倒れた囚人を前にして、**俺が喋っているときに肩をすくめるな、ウラセンコ、建設的な態度ではないからな、**と言ったが、ウラセンコがしばらくのあいだ使い物にならないのを見てとると、**あんたとマリア・サマルカンドに関して、俺たちはまだ何も明らかにしちゃいない、**とつけ加えて出て行った。ドアが軋んだ。隣の部屋で言葉のやりとりがあり、その一部が途切れ途切れに聞き取れたものの、間もなく何の声も届かなくなった。すると誰かがテープレコーダーを巻き戻し、ついで停止ボタンを押す音がしたあと、バティルジャンの声、ウラセンコの声が再生されるのが聞こえた。バティルジャンが一言何かつぶやくと、テープは再び高速で巻き戻されて、シューという音を立てた。ウラセンコは苦痛を耐えようとしたが徒労に終わった。体中のあちこちで骨が粉々に砕けており、痛みを感じない姿勢などなかったのだ。ウラセンコは、**俺が生まれ変わると奴らは名前をくれた、だがそんな名は名乗らない、俺の名はジャン・ウラセンコ、二度目の人生には偽りしかない**、と囁くと口を閉じ、再び口を開くと、**いや**、と言った。そうして再び囁くような声で、**マリア・サマルカンド**、と何度も何度も口にし、さらに、**死んだあとのこの世界がどれほど恐ろしいものであったにせよ、俺はお前を見捨てたことも、裏切ったこともない**、と言うと、再び黙り込んだ。体中が激しく痛むため、さまざまな記憶のあいだを思うように行き来することができなかった。すると突然、自分の口が、獣の叫びと嗚咽を発していることに気がついた。自分では、無言のままだと思っていたのに、である。ウラセンコはしばらくのあいだ口を開けたまま、聞こえてくるうめき声に耳を傾けた。洗濯場は、拷問を受けた囚人たちのうなり声を増幅するように作られたようだった。しばらくして反響音は小さくなった。聞こえていたのは、あえぐような息づかいだけだった。その息づかいのただ中で繰り返し発せられている一連の言葉が、ウラセンコの注意を引いた。ちょうどマリア・サマルカンドへの思いを声にしているところだった。そうした愛情の吐露が監視機関や敵に――それがどんな敵であろうと――伝わることは何としても避けなければならなかった。盗聴用テープレコーダーが声を拾って録音してしまうことを恐れたウラセンコは、自分を抑え込んで、**テーブルが見える**、と言い、さらにそのテーブルがぼやけ、赤みを帯びて見えたため、目を何度もしばたかせてから続けた、**はっきり見えるものはほとんどない、俺の名はジャン・ウラセンコ、十五年前から年齢はなく、目の前に見えるのは血塗られた一台のテーブルと、一冊の本、それは年齢もなく、日付もない一冊の本。読んだのは俺たちだけ、それ以外に言うことはない。読んだのは俺たちだけ、そして俺たちは、この本のなかにいるのだ。**

ジャン・ウラセンコ

VUE SUR L'OSSUAIRE

骨の山

ANTOINE VOLODINE

濵野耕一郎 訳

《ポスト・エキゾチスム的監禁学概要》

フィクションの楽しみ
水声社

一　スウェイン

月は植物園の木々の向こう側、植物園の装飾細工つき鉄柵とクマシデの向こう側、プラタナスとニレの彼方に随分まえから姿を現していたが、ジョルジュ・スウェインは一時間ほど前から注意して、その姿を視界に捉えるようにしていた。月の昇るさまを、葉のない枝に沿うようゆっくりと昇っていくその様子を観察していたのである。季節は冬にさしかかったところで、木々はもはや骸骨さながらであった。ふっくらとして敏捷性に乏しい天球は、不謹慎なまでにふっくらとした鈍重な球体のように移動していた。その存在感は慎みを欠いたものであった。男子学生も女子学生も、自分たちの抑圧された不安を絶えずその天球の方へと差し向けていた。この月の存在と夜の鳥たちの鳴き声、すぐ近く、約一〇〇メートルのところにある特殊な鳥小屋に閉じ込められた夜の鳥たちの鳴き声のせいで、学生たちはなかなか講義に集中できなかった。コキンメフクロウやメンフクロウといったごく普通種の呼びかけに耳を傾けていた彼らは、シロフクロウの心地よいしわがれ声に気がつくと夢見心地になり、見渡すところ何もない、粉雪に覆われて星が瞬くようにきらめく大地を夢想していたが、雪が自分たちの上にも降り積もった気がしてぶるっと身体を震わせると、まもなく我にかえるのだった。彼らの正面で、スウェインは講義を続けていた。絶滅間近の哺乳類がその主題であった。

その晩スウェインが話していたのは、ムツオビアルマジロの今後に関する悲痛きわまりない仮説であった。聴衆が集まっていたのはある道具小屋の前だった。道具小屋の周囲が教室の代わりになっていたのである。月の光が小屋の壁を照らし出し、枯葉に覆われた地面や熱心な聴講者たちの眠気との戦い、またスウェインの繰り出す悲痛な説明を、灰色がかった乳白色で染めていた。あたりに灯っているランプはひとつとしてなかった。

スウェインは、学生たちの注意力が散漫になっていることが分かると、その日の講義を締めくくった。貧歯目全般について、また貧歯目の動物がさらされている絶滅の脅威についての考えを短くまとめて言葉にしたのちに、口を閉ざしたのである。

ひとりの女子学生、マヌエラ・アラツイペがヒメアルマジロについて質問をした。非常に美しい若い女性だった。つやつやとしたその黒く豊かな髪は、まるでじっくりと水平方向に愛撫してほしい、また瞼を閉じたままその眩さに身をゆだねてほしいとせがんでいるかのように見えたが、彼女こそ、スウェインの妄想のなかにたびたび現れる女性であった。ヒメアルマジロはムツオビアルマジロ属の目立たない亜属であった。スウェインは正確を期すため、ヒメアルマジロには二種しか存在せず、ヒメアルマジロとチャコヒメアルマジロがあるだけだとつけ加えた。夜闇のせいで、マヌエラ・アラツイペの眼差しに出会うことはかなわなかった。スウェインは微笑み、その声は小さくなった。

一分もすると聴衆は散り散りになり、闇のなかに紛れ込んでしまったが、そうして並木道に人影がなくなると、夜間講義を数ヶ月前から見張っていたミュラーが、姿を隠していた茂みの暗がりから現れた。ミュラーはレインコートの襟をただすと、寒さから守るために両手をポケットに滑り込ませて近づいてきた。

スウェインは講義ノートを片づけているところであった。溜息を漏らした。

「ああ」スウェインは自分に向けて口にした。「終わった。」

そして言った。

「さてミュラー、あなただったのですか？」

ミュラーはもう動こうとはせず、至近距離で突っ立っていた。その顔には鉛色の光線が落ちていた。どこか意固地な様子で、哺乳類も学業も夜間ゼミも好きではないんだと唐突に切り出しかねない雰囲気だった。

スウェインはためらいがちに言葉を発した。まるで言葉を相手の耳管に送り届けなくてはならないことを悔いているかのようであった。それは言葉を穢すことにほかならなかったのだ。

「ひとから聞いてね、わたしの授業に誰かが紛れ込んでいることは知っていたんです」スウェインはそう言った。「ただわたしはホフマンが怪しいと踏んでいました。ホフマンが亜目と下目と属を区別できないことは、これまで何度か気づきましたから。」

ミュラーは頭を振った。

「あなたはホフマンほど無学ではないという気がして」スウェインは続けた。「つまり彼ほど怪しいとは思っていなかった、ということですが。」

「俺はここにいるさ」ホフマンが言った。

ホフマンはプラタナスの幹から身を離した。ちょうどこの瞬間まで、この木の幹と一体化して黒い塊をなしていたのだ。ホフマンは枯葉のうえを音を立てて進んできた。

スウェインが一歩踏み出した。暗闇のなかに身を隠そうとしたのである。ミュラーがその肘を捕らえ、暗がりの外に引きずり出した。ホフマンの方も急いで近づきつつあった。三人の男の靴底のしたで枯葉が全力でざわめくのが聞こえたが、まもなく何もかもが静けさのなかに沈みこんだ。夜の鳥たちがそれぞれの声で鳴くのが聞こえた。ほかに音を奏でるものはこの世界にはなかった。

取り調べは道具小屋のなかで進められた。その晩、眠る者はいなかった。シロフクロウの鳴き声は止むことがなかった。鳥小屋では、あらゆる鳥が騒いでいた。月はクマシデのうえに昇り、トウヒの方向に再び這うように進んだのちに姿を隠した。スウェインには非常に長く感じられた数時間のあいだ、闇はその厚みを増した。そうして冷たく乾いた朝がやってきた。三人は、近くの通りにゴミ収集車が来るのを待って立ち去るのだった。取り調べで口にされたのは、動物学上自明とされている学説であって、それ以上のものは何もなかった。異節上目被甲目の下目にはひとつの科と複数の属が含まれている。そのすべてが、近い将来、絶滅の危機にある。

二　アンデルセン

ミリアム・アンデルセンは母の頬、ワルダ・アンデルセンの真珠色をしたその頬に涙がつたって流れるのを目にすると、自分もまた心が激しく揺さぶられるのを感じた。だがそこで感情を露わにし、悲嘆をともにしていることを表に出したとしよう。母親が落ち着きを取り戻すのはずっと先のことになるだろうし、またふたりが気持ちの上でどれほどひとつになって抱き締めあったとしても、いなくなったひとのイメージはさらにぼんやりとし、夜闇もいっそう悲しげなものになるだけだろう。それが分かっていたミリアムは、ただ部屋の明かりを消すことにした。それからしばらくのあいだ、大きな室内は電灯が消されたまま、物言わぬふたりの女性を包み込み、強さを減じようとしている月明かりの静かな波に浸っていた。開け放たれた窓や扉からは、甘ったるい香りが忍び込んでいた。その香りは、招待客が去ったあとに残ったもの、食べ物や飲み物、タバコや清潔な服装といったものの匂いと混じり合っていた。すきま風がダイニングを通り抜けてその先で枝分かれし、廊下や寝室に流れ込んでいった。

ワルダ・アンデルセンは身動きひとつしなかった。その涙はすでに乾いていたのかもしれないし、まだ泣き続けているのかもしれなかった。まるで身体が溶け出して、骨はぐにゃぐにゃ、椎骨はその三分の一が減ってしまったとでもいうように、肘掛け椅子に沈み込んでいた。ワルダの目の前には、一枚の油絵が掛かっていた。批評家や招待客の評判が芳しくなかった作品で、『叫びの最果てにて』と題されている。中央には、タイガの森にぽっかり口を開けた空き地や、地上二〇センチの高さに浮かぶ苔むした筏が描かれているが、脇の方には、シダ生い茂る広がりのなかで祭祀用の装いをしたシャーマンの姿も見え、鼓を手放したこのシャーマンは、収容所の警備員たちに斧で脅されているところであった。

ワルダはそれらを見つめ、そのなかに入り込み、身動き一つしないのだった。

ミリアムは母の邪魔をしないようにつま先立って歩き、テラスへと出た。身につけていた薄い絹のシャツは青みがかった緑色をしていて、それはトウヒの木々の一部がたそがれ時にみせる色調を思わせた。アンデルセンがその作品のなかに描いた人物たちも、しばしば同じように、似た色調の衣装に身を包んでいた。ミリアムはぞくっと身体を震わせた。狼の時刻が近づいており、地面から冷気が立ち込めはじめていたのに、服装が充分ではなかったのだ。そこで、夜のなかでも生暖かく人懐こい部分を自分の身体に引き寄せ、モミの木のあいだを抜ける小道をたどって家から遠ざかった。立ち止まったのは、一〇〇メートルほど進んだあとだった。

森は眠り込んでいた。招待客の話し声のせいで、臆病な動物たちは家の近辺から遠ざかっていたし、その他の動物たちは夜明けを待ちながらうとうとしていた。木々の枝が風に煽られてきしんでいた。

その後、何かがやってきた。人間、あるいは動物の足らしきものが、チシマイチゴやビルベリーを無造作に踏みつけながら、林を抜けて近づきつつあった。あたりは漆黒の闇だった。ただ響いてくる音によって、ミリアムはそのこと――何かがどこからともなくやってくる――に気づいたのだ。ミリアムから七、八歩のところで、音はひとつのシミのかたちを取った。灰色のおぼろげな輪郭がそこに静止し、自分の前にある存在の匂いを嗅ぎつけて警戒態勢に入っていた。ミリアムの方も全身を硬直させて身構えていた。月が雲の影に隠れた。若い彼女はもはや何も見分けられず、何も聞こえなかった。だが突然、ある甘美な麝香の香り、シカ科の動物の一部が発する暖かい匂いを感知した。心動かされたミリアムは、友愛の情をこめた言葉をささやいた。動物はおびえ、走り出した。木にぶつかるのを避け、また勘違いでもしたかのようにミリアムに近づくこともあったが、その後、植生によってできた自然の出入り口を壊してしまった。それが逃げ道を塞いでいたのである。何もかもが消えてしまった。

ミリアムは月がまた姿を現すのを待ち、それから家の方に向かった。途中、自分の方に歩いてくる母親に出くわした。ふたりは腕を取り合って、ダイニングに戻った。

夜の強度が低下しつつあった。

ふたりはアンデルセンの絵画を見て回った。

ミリアムは自分が目にしたものを話した。もしかしたら父親の生まれ変わりかもしれなかった。そう夢想していいのかどうか判断がつきかねたし、母親に対して口にする気にもなれなかったので、ミリアムは自分の抱いた希望の境界線上に留まっていた。ワルダもまた同じことを考えていた。ぞくっと身を震わせてみたかったのだ。

まだ夜は明け始めていなかったが、ミリアムもワルダも、もはや言葉を発することはなかった。ふたりは『報われた葉むら』、『左翼、右翼』、『シカの帰還』と題された油絵の周囲でたゆたっていたが、いずれも言葉を発することはなかった。

三　タルハルスキ

一月に監視委員会への配属を認められたホフマンは、六月になるとヴェレンゾーンの案件を担当することになった。ホフマンは巧みに調査を進め、複数の逃亡未遂事件におけるヴェレンゾーンの有罪を立証するのに成功し、またこの成果によってヴェレンゾーンを移送し、彼の流刑期間を延長するための新たな口実を当局に提供することにもなったのだが、他方、この囚人が戦前、その妻サミラ・ヴェレンゾーンとのあいだで守り通した夢想世界の絆に関しては供述をさせておらず、その件で職務怠慢を咎められることになった。

神経質そうには見えないホフマンだったが、その内側には自己破壊的な性向を秘めていた。四年後、木材の伐採を命じられていた指定区域から遠く離れたところで、ホフマンは木の枝に首を吊った。その行方を追って山狩りが開始されたが、屍体が捜索に引っかかることはなかった。ホフマンの身体は地上から見えないほど高いところでゆらゆらと揺れながら、三つの季節を——雪まじりの風が吹きつけるのを耐えながら、カラマツの針葉にあるときは梳《くしけず》られ、またあるときはむち打たれつつ、周囲でブリザードがうなりを上げはじめる時分はヒューヒューと音を立てる雲のまにまでぶらぶらと身体を揺すり、また空模様のよい日には文字通りぼろをまとった状態で身動きせず、鳥についばまれたせいで指ぬきよりも穴だらけになって——過ごしたのである。それが枝からはずれ、地面に落下したのは、翌年の春の終わりのことであった。さて、次の事実はまったくの偶然であって、そのことについてあれこれ考えても意味のないことにちがいないが、問題の屍体の落下、というより屍体の残余物(ねじれて案山子のようになった肉の塊、ばらばらの骨)の落下に居合わせた森林開墾団にはヴェレンゾーンが属していた。それは枝から枝へと音を立てて落下し、高木が立ち並ぶ手前で見事なまでに生い茂った草むらのなかに呑み込まれたのである。

見上げていたヴェレンゾーンは、針葉樹林のあいだをすり抜けるように落ちる茶色の物体に気がついていたが、最初は動きの鈍いクマが木のてっぺんから落ちたのだろうと考えた。だがまもなく考え直した。クマは動作が鈍そうに見えて曲芸師のように身軽なのだ。器用なうえに手には鉤爪があるので、銃で撃たれたりしない限り木から転落することはありえない。ヴェレンゾーンはドスンという音のした方向に足を運んだ。タルハルスキという名の男が同行していた。この伐採区域には、ふたり以外にほぼ誰もいなかった。ふたりは切り株の引き抜き作業を準備しているところだったのだ。

マッスリヤーンは双眼鏡でふたりを監視していた。草は今が最も伸びる時期で、その先端はふたりの肩にまで達していた。春の草にみられる弾性があり、人間が侵入するや否やこれに抗おうとした。緑色をして囀《さえず》るような音を立て、汁気が多いうえに香りの強い抵抗であった。カラマツの木々が城壁のように居並ぶ手前で、草がこのように立ちはだかっていたのである。マッスリヤーンは、監督官の道に進む以前は、植物学の学位試験を受験したこともある男だった。手にしていた正規の光学機器で十倍に拡大された茎や花の像を観察しながら、その名をひとつひとつつぶやいていた。ブーリヤン・ラクテ、サポネル・デ・グラヴィエール、アブサント・ジェアント、マルヴィエル、ルイーヴ・ア・プリュメ、ダクティリアンヌ、フレッシュ・コルヴィユーズ、フレッシュ・オ・ラトン、メラットル。

タルハルスキとヴェレンゾーンは見事な植物標本というべきもののなかに潜り込んだ。その姿は、外からはほとんど見分けがつかなくなっていた。

ふたりは、人間の骨と残骸の堆積を目の前にしていた。空気は温暖であったにもかかわらず、そこからは冷え切ったぼろ着の香りが漂い、凍るように冷たい波動が周囲へと広がっていた。

タルハルスキは身をかがめた。何にも触れていなかった。彼は再び立ち上がった。タルハルスキは以前、死んだシャーマンが他のシャーマンによって巨大な木のてっぺんに引き上げられる話を聞いたことがあった。そこで自然との完全な調和のうちに、そして天空の肉食類と天そのものに顔を向けたまま腐敗していくようにするためであった。タルハルスキは、目の前の死骸には、かつて魔術師の力が宿っていたのではないかとの仮説を口にした。そして満月の夜や燻蒸の儀式、イイズナやオコジョの鼻面に捧げられた舞踏といったことを次々と口にした。だが話につき合う者が誰もいないことに気づくと愚痴を漏らし、黙り込んだ。

頬に青白い光をたたえたヴェレンゾーンは意見することを控えていた。すると突然、狂人もしくは死んだばかりのひとのように、記憶と意識の境界線上で彷徨い、揺れ動くことになった。ヴェレンゾーンは、現実がどこにあるのか分からなくなっていた。というのも、前の晩に取り憑いた夢の諸要素が、再び目の前に現れていたからである。朝になると忘れてしまった夢だったが、今やその記憶が二つの網膜へと殺到し、さまざまなイメージを内部から浮かび上がらせようとしていた。それらが、今現実に目にしているイメージと混ざり合っていた。状況も登場人物も同一であった。

唯一変わっていたのが背景だった。夢のなかのそれは、寝そべる者も泳ぐ者もいない海岸の裏手にあるような、不潔な細砂採取場だったのである。

ヴェレンゾーンの彷徨はさらにしばらくのあいだ続いたが、その後誰のものともしれぬ屍体のうえに身をかがめた。最初のうちは嫌悪感を露わにすることもなく、こう言った。

「指輪をしたままですね。タルハルスキ、はずしてみてくれませんか？　何か彫られていれば、きっとはっきりするはずです……誰なのか分かるでしょう……」

そう口にしたのち、ヴェレンゾーンは顔をそむけた。吐き気を抑えようとしていたのだ。目の前にあったのは、ぞっとするような形をした代物だった。それはひとりの女性であったに違いない。女優だったかもしれないし、動物劇で役を演じた踊り子だったのかもしれない。鳥に扮装していたからである。すべてが色褪せていたが、オウムの羽根のような緑色、虹の緑色をした見事な綿毛でおおわれた部分がいくつか残っていた。二本の腕は十字のかたちに組み合わさっていた。腕といっても骨は抜け落ち、本来連結するはずの鎖骨とは明らかにつながりが断たれていた。羽根には血や焼け焦げの跡が至るところにあった。両脚はももの下半分のところまで剥き出しだった。かすり傷や血腫のせいで見るも無残であった。

指輪は確かに抜き取られていなかった。作業に取り掛かったタルハルスキは速やかに指輪を滑らせて抜き取り、その内部を見ようとした。指輪には、高価な宝飾品にあるような、小さな小さな隠し場所が誂えてあったのである。ヴェレンゾーンはというと、その間、被害者の顔を覆っていた仮面を注意深く見つめていたが、だからといってそれをずらしてみようという気にはならなかった。その下にある、形のないべとべとした肉塊の匂いを嗅ぐのを恐れていたからだ。死に至る体刑を加えた殺害者（たち）は、最後の最後になって良心が咎めたのだ。そこで、どこからか踊り子の仮面を拾ってきて屍体の顔にのせ、自分たちがしたことの恐ろしさに蓋をしようとしたのである。そうすることでようやく落ち着きを取り戻した殺害者たちは、トキのそれを思わせる湾曲したくちばしのついた、この白く奇妙な仮面のことは、注意して傷つけないようにしたのだった。

タルハルスキはネジを緩め終えると、日の光があたるように指輪の向きを変え、彫り込まれている文字を読み上げはじめたが、ひと言目からつまずいた。つづいて口にされた音節のひとつひとつも、埃をかぶって苦しんでいるような印象を与えた。子音はまるで、数ヶ月ものあいだ口内で古びたのちにようやく発せられたかのようだった。

「何だって？」そうヴェレンゾーンは言った。「ヤシャル、もっと大きな声で言ってくれないと、わたしの方は……」

「愛と忠誠」タルハルスキがつぶやいた。「愛は空虚な言葉ではない、キュンティア&ヤシャル・タルハルスキ」

　ヤシャル・タルハルスキは四十六歳で、脱走兵のような容貌をしていたが、その肌と眼差し――日焼けした肌、反乱者の眼差し――の下に、生き物や事物に対する愛情をずっと失わずにいた。タルハルスキは咳払いをして釈明しようとしたが何も口をついて出なかったので、手仕事に専念することにした。砂の上に鞄を置くと身をかがめ、そこからピンセットと脱脂綿を取り出した。というのも例の夢のなかで、ふたりの男は法医学者の職務を遂行していたからである。

　タルハルスキはヴェレンゾーンに背を向けていた。嗚咽の最初の波がその肩を襲い、その後、次の波が襲った。そして、透明な箱の底に敷いたコットンの上に指輪を横たえた。

まだラベルの貼られていないガラスの下で、指輪がきらめいていた。

タルハルスキの両手のそばで、数匹のトンボが羽音を立てていた。青い色をしたトンボだった。タルハルスキがラベルを書き終えると、トンボは姿を消してしまった。

愛は空虚な言葉ではない、忠誠は空虚な言葉ではない。タルハルスキは箱を鞄のなかに押し込んだ。そうして立ち上がると、両頬をぬぐおうともせず（涙は急速に乾きつつあったが）、一歩後ずさってヴェレンゾーンの真向かいに立ち、すでに平静を取り戻したということ、そしてもしヴェレンゾーンが望むのなら話しかけても構わないということを態度で示そうとした。

だがヴェレンゾーンは口を開かなかった。

そこにいたのは、灰色をした砂丘と、痩せた土地に生える醜い植物にまわりを囲まれたふたりのみなしご、ひとりはやぎひげを蓄え、もうひとりはひげのない、五十になんなんとするふたりのみなしごであった。そのシルエットは物思いに沈んだハゲタカのそれであった。ぼやけていたふたりの視界は、明瞭さを取り戻したのち再びかすみはじめていたが、とうとうヴェレンゾーンが沈黙を破り、唾を飲み込むとこう口にした。

「ヤシャル、わたしはあなたと悲しみをともにします。それであなたの苦しみが和らぐわけではないことは百も承知ですが、わたしはあなたと苦痛を分かち合いたいのです。」

マッスリヤーンは双眼鏡に映る像から、ふたりの交わす言葉を読み取っていた。そして植物学者としての記憶を辿り、醜い植物の名、より正確には、塩分濃度の高い珪質土に生育する植物の名がまとめられたページに行き着くと、半ば土から顔を出した塊茎類、水平に伸びるゴム状の茎や、醜悪な花の数々を特定して、その名を口にした。コラモーム・グレルーズ、アリュニエル、ブヴァルド・デ・サーブル、ブーヴ・サンプル、レーヌミストル。

四　ホラーサーン

アニータ・ネグリーニがジャン・ホラーサーンと再会したのは、彼の死後、そのずっとあとのことだったので、アニータはそれがホラーサーンだとは気がつかなかった。目の前にその顔面部分が通り過ぎたとき、記憶の無意識的な動きに突き動かされて頭蓋骨の全般的な形やその生気のない色を観察したし、また通常であれば、骨の表面に殺菌剤をふりかけながらほんの一瞬注意を寄せるだけなのに、ホラーサーンの頭蓋骨の観察にはいつもより少しばかり多くの時間を費やしたのも事実だった。だがそれで何かひらめくといったことはなく、その日の晩、いつものようにホラーサーンのことを夢に見たときも、夢のエピソードと、覚醒状態で現実のなかに目にしたものとを結びつけようとはつゆ思わなかった。

ホラーサーンとアニータはキスを交わしていた。北京に戻ることに成功し、再び中国の首都を歩いているところだった。時節は夏の終わりで、地下鉄のアンディンメン駅から外に出ると、ちょうど埃まじりの突風がぱちぱち音を立てながら吹き荒れていた。黄土を多分に含んだ大気が、同じ成分からなる靄を猛烈な勢いで引っかき回していたのである。大通りも、ヨンフーゴン寺院の壁も見えなかったし、何ひとつはっきりと見えるものはなかった。ふたり、つまりジャンとアニータは、横に並んで身を寄せ合い、引き離しようがないほど密着して、互いを風から護ろうとしていた。地下に戻って避難するという選択は捨てたので、風に背を向けるだけで耐えていた。往来の騒音は、まるでフェルトに包まれたかのようであった。一体化したふたりのシルエットには砂が打ちつけ、音を立てていたが、少しばかり前のめりになったそのシルエットにはふたりの愛情が溢れていた。夢はその後、もっと波乱含みの事態へと発展していく。ふたりは得体の知れない出来事によって引き離され、不吉な恐怖心に駆られて散り散りに走り出し、寺院や薄暗い小道の中に迷い込む。ふたりはときどき、ドアも窓もない部屋のなかで再会し、そこで自分たちの知らない言語で書物を音読することもあれば、壁を叩く者がいてもそれに応えることもないほど意気消沈していることもあるのだが、だからといって何か別の世界へと滑り込んでしまったわけではなかった。ふたりは離ればなれで、ときに訪れる再会の瞬間も文字通り瞬間的なものでしかなかったのだが、相手の身体をいつも近くに感じ、言葉や思考が常に届く範囲にいると感じ続けていたのである。その後、ホラーサーン逮捕の場面がやってくる。ホラーサーンは制服姿の男たちに取り囲まれ、警察——中国警察ではない——に連れ去られる。こうした筋が展開するあいだ、埃まじりの風は一瞬たりとも止むことがなかった。アニータ・ネグリーニのうなじには、シリカのせいでひりひりする痛みが止むことはなく、目を開けると、枕からは砂がこぼれおちるのだった。

アニータ・ネグリーニはもう十二年前から納骨所《オシユエール》で働いていた。彼女のもとにはふたりの男性補助員がいたが、そのどちらも抑留生活で精神の健康を損なっていた。ひとりはシユテルンハーゲンという名で、拘禁される以前は哺乳類動物絶滅に関するエキスパート、ついで奥深い森に潜むシャーマンとなり、その後乞食団の頭領になったと言い張っていた。もうひとりはピルグリムで、こちらはかつて、オーロックスの専門家であった。ピルグリムは輸送未決者ゾーンに移送され、そこで自己批判文を執筆する機会を与えられたのだが、要求されたものを書き上げることができなかった。かくして二年が経った頃、それまでに書きつけた断片的な反省文は没収され、地下での職をあてがわれたのだった。心を病んだこのふたりは、アニータ・ネグリーニの前で、ピントの外れた、悲しい言葉を交わしていた。彼らは逆らうことなく与えられた仕事をこなしていたが、必要以上の熱意を傾けるといったことはなく、もはや人生や言葉に何らかの重要性を認めるということもなかった。ただときどき、心の闇に兆した強迫的な指令に従って、椎骨や眉弓、傷んだ歯を何本かくすねることがあった。ひょっとすると、自分たちの住まいや孤独を何かで飾りたいと思っていたのかもしれない。アニータ・ネグリーニはすべての遺体について綿密な帳簿をつけていたから、なくなっているものがあると必ず気がついた。そして気づくや否やシュテルンハーゲンかピルグリムの家に赴き、盗んだものを返して欲しいと頼む。すると彼らの方もアニータの要求に応えないことはなかった。そうしてアニータは納骨所《オシュエール》に戻る。この納骨所《オシュエール》こそ、とびきり白い脛骨と、か細いひび割れが葉脈のように入った下顎骨を買い物かごの底に忍ばせたまま、アニータが暮らしている場所だったのだ。アニータは取り返したブツを元の山の上、正しい仕切りのなかにしまうと、職務上、一時的にせよ帳簿に記載せざるをえなかった流出の文字を消すのだった。

ジャン・ホラーサーンの遺骨が届き、その洗骨が済んだ翌日、なくなっている骨があった。

ピルグリムの家は、いつもみしみしときしむ音がした。足を踏み入れると、崩壊寸前の船の船倉に迷い込んでしまったような気がするのだった。アニータ・ネグリーニはこの家に向かった。ピルグリムとシュテルンハーゲンは、一握りほどの指骨をためつすがめつしながらお茶を飲んでいるところだった。ふたりは手の平の凹みに骨をのせてその重さを確かめ、その持ち主である死者の人となりを呼びさまして評価を下そうとしており、それがふたりの会話の主題となっていた。彼らは床に直に座っていた。部屋に椅子がなかったからだ。ふたりは赤みがかってやけどするほど熱いお茶に息を吹きかけ、口をつぐんでいるあいだは板がきしむのに耳を傾けていた。アニータも床に腰を下ろした。

「この人には昔会ったことがある」そうシュテルンハーゲンが言った。「乞食団の頭領だと自称していた。俺はこの人の部下になった。この人の命令で人殺しもした。」

「誰だって？」とピルグリムが尋ねた。

「何だって？」シュテルンハーゲンはそう言って、質問を繰り返すように促した。

「誰を殺したんだい？」ピルグリムはお茶を注ぎ直しながら尋ねた。

「他の頭領たちさ」シュテルンハーゲンは答えてそう言った。

アニータ・ネグリーニは流しに空の茶碗を取りに行き、それをゆすぐとピルグリムに差し出した。ピルグリムはすぐに優しげな微笑みをアニータに返した。お茶を茶碗一杯に注ぎ、それから指骨のひとつを取り上げて両目に近づけた。まだ生体の一部として完全であった頃、つまり肉がそのまわりを覆っていた頃に受けた弾丸の痕跡が残っていた。

「苦しんだんだな」ピルグリムは言った。

「乞食団の頭領たち全員を俺たちは殺したんだ」シュテルンハーゲンは弁明するように、唐突に哀れっぽい声を上げた。

「心配しなさんな」そうピルグリムが言った。「ここには俺たちしかいないんだ。誰も自己批判を要求したりしないよ。」

そして再び、手にした小さな骨の観察に取り掛かった。

「この持ち主は長い間、ドアも窓もない部屋で過ごしたことがある」ピルグリムが言った。

「ジャン」そうアニータ・ネグリーニがつぶやいた。

「何だって?」ピルグリムが尋ねた。

「そのひと、密閉状態の室内で夢を見ていたのかしら?」そうアニータが尋ねた。「壁の向こう側では砂がぱちぱち音を立てていたかしら?　わたしと一緒に北京を散歩したかしら?」

「さあね」ピルグリムが言った。

彼らはお茶に塩を入れて飲んでいた。また、街の店では牛乳を入手することが不可能であったため、少量のマーガリンを加えて泡立てていたが、その味はほめられたものではなかった。一瞬、アニータ・ネグリーニの息づかいがいつもと異なるリズムを刻んだが、彼女はまもなく落ち着きを取り戻した。お茶を飲み終えると、アニータは無に、街の喧騒や板のすすり泣きに耳を傾け、それからふたりの男に向かってくすねた骨を全部返すように言った。ふたりは逆らうことなく従った。アニータは骨をビニール袋に入れてぐるぐる巻きにし、目の前から隠した。シュテルンハーゲンが言った。

「俺はこの人の命令でたくさんの人間を殺した。」

「命令を下したのは彼ではないわ」アニータが言った。

「心配しなさんな」ピルグリムが言った。「あんたにだって、誰も自己批判を要求しちゃいないさ。」

五　ラーセン

　釈放予定日の数日前のことであった。ラーセンはすでに、自分の寝台から見て上の壁に留め金で固定してあった数枚の書をはがし終えていたが、その日になって所長宅に出頭を命じられたのである。ラーセンが、燃えるように生い茂るカエデの下をさっそうと歩いて第一防護柵を越え、所長の住む小ぶりな家へと通じる林道に差し掛かるのがわたしたちにも見えた。

　煙突が吐き出していた汚らしい色の水蒸気から判断するに、訪問者用の部屋には、充分に乾燥していない木をくべてストーブに火をおこそうとしている者がいた。それはどこかの痴れ者、おそらくは兵士で、もしくは所長その人だったかもしれない。ラーセンはこの蒸気を見て、皮肉に満ちた意見を口にしていた。ラーセンの護送を担当していた男もまた、自分の考えを述べていた。唇のあいだからは白い息が漏れていた。八月の酷暑はすでに遠のいていた。バラックの周りでは、毎夜秋の深まりを告げる早霜がそこかしこに下りていたし、また朝になると、経理係がもうすぐ追加の毛布、暖かい衣服の配給を始めるのだという噂が、否定されても否定されてもしつこく広まるのだった。

ラーセンは寒そうに背中を丸めていたが、家の前に来ると背筋を伸ばしてシャツのボタンをとめ、それから中へと入っていった。護衛は入り口の近くで待機した。ステップの一つに腰掛けて、薪置場に積まれた薪や切り株に生えたキノコ、また枯死寸前の草むらや、発育不全のまま季節の終わりを迎えたために摘まれずにいるキイチゴの薄桃色のシミをじっくりと見ていった。三十分もするとラーセンが出てきた。同じ道を逆方向に辿り、再び検問所に立ち寄ったのち、ジグザグ状に設置された柵を再度通り抜けた。護衛はさらに三メートルばかりラーセンに同行したのち、彼のもとを離れた。

今やラーセンはわたしたちのところに、防護柵の手前、鉄条網のこちら側に戻っていた。こちら側、つまり外の世界という仮説を味わうことのできる側にである。ラーセンは物思いに耽った様子で顔に微笑を浮かべていたが、少しばかりの疲労感を表に出すばかりで、口を開こうとはしなかった。誰もいない共同寝室へと向かい、自分のベッドにたどり着くと横になってしまった。

同じ頃、護衛が軽々しく口を滑らせたせいで広まった噂があった。服務条項のひとつが援用されたことで、ラーセンの収容期間延長が妥当だと判断されたという。わたしたちとともに過ごす期間が延びたということだ。

わたしたちは共同寝室の窓越しにラーセンの様子をうかがうことができた。タバコを吸っているところだった。ラーセンは数分のあいだそのままの状態で、考え込んだ様子をしながら、タバコの葉を円柱状に巻いた代物、汚れて土の匂いがするとはいえ、わたしたちが習慣からタバコと呼び続けていたものを時おり口元に運んでは、灰色の煙の渦を吐き出していた。その後しばらくすると身体を起こし、ボールペンで紙に何かを記すのが見えたが、その紙を仕切り壁に画鋲で留めると、すぐまた横になって眠ってしまった。

一時間後、わたしはラーセンを起こしに行った。もうすぐ食堂で配膳が始まる時間だったが、医務室で特別許可書をもらっていない拘留者のために配給の食事を取っておいてもらうことは許されていないのである。貼りだされた紙には次の語が書かれていた。「**第一段落——受け入れ地なし。きみたちとここに留まる。**」

「飯は食いたいだろ?」わたしはそう言いながらラーセンの肩を揺すった。

「俺、夢を見てるところだった」彼は言った。

「どんな夢?」わたしはそう尋ねた。

ラーセンはわたしにその夢の話をし、それからふたりで食堂へと向かった。米はおいしかった。まるで新しい仲間がやって来たのを祝うかのように、パークヒルが同室者全員を代表してラーセンにプレゼントを渡した。リンゴを二個、タバコ、干しブドウ一袋、紙、想像上のフィアンセからの手紙、センザンコウの絶滅群に関するスウェインの学位論文がその中身だった。わたしたちはみな打ち解けて話をし、所長やそのストーブについて冗談を言ったりした。なかには京劇に関するゼミをもう一度企画しようではないか、またぞろそろチベット死者の書『バルド・トェドル』の学問的読解に取り掛かろうではないかと言う者がいた。奇跡的にも、収容所の図書室には『バルド・トェドル』が一部保管されていたのである。

この日のことを甦らせるのに、他につけ加えられることがあるとは思えない。とはいえ、ラーセンがいなくなった今、わたしはここで彼が話してくれた夢の内容を再現してみたいと思う。

ラーセンは托鉢修道士の僧服をまとっていた。尊敬すべき権威を備えた人々に背中を押され、生体膜のように薄い壁布をはねのけると、人々が異口同音に発する忠告を耳にしながら、ひとり老朽化した廊下へと足を踏み入れた。騒がしかった催促の声は彼の背中にぶつかって分解し、耳に入らなくなった。ラーセンは暗く生暖かい気密室のようなところを越え、ある地下室に入り込んだが、実生活でも悪夢の中でもたまにあるように、自分の行いが取り返しのつかないものであることを悟って、すぐさま後悔の念に駆られた。ラーセンの後ろで扉は消え、扉のあった仕切り壁は何もなかったように滑らかになっていた。これから先、彼はほぼ真っ暗な闇のなかを歩いて出口を探さなければならないのだった。

前方を手探りしてみた。すると何者かが飛び掛かってきて、非難の言葉を浴びせる。どうやらかつてラーセンと会ったことのある男のようだ。元クラスメートかもしれないし、同じ研究所に所属していた研究者かもしれない。または修道士として、彼の部屋の隣に暮らしていた者かもしれない。ラーセンはこの男の襲撃に応酬した。ふたりは怒りに任せて、滅茶苦茶に殴り合った。そうするあいだ、ラーセンは自分の過去があやふやになっていくのを感じていた。記憶が吐き出すのは、もはや誰のものかはっきりしない名前や、ぼんやりとした情報でしかなかった。その後、息も絶え絶えになって敵の前に立つと、この男だけが、今いる真っ暗な空間のなかで自分を案内できる存在であることに気がついた。ふたりはふて腐れた様子をしたまま、煤色をした地面を一緒に進み始めた。行く手を塞ぐ壁はなかった。こうしてふたりは何日ものあいだ前進した。立ったまま眠ろうとすることもあったし、言い争いを始めることもあった。いがみ合いが続いていたものの、喋って時間を過ごすこともあった。話題は『バルド・トェドル』と関係があった。死んだあと、生まれ変わるまでの旅がどのくらい続くかという点について、ふたりは激しく言い争った。現実には、旅は経典によって予告されている旅とは合致していなかった。こうした冒瀆的事実を確認し、そこに和解に適した場を見出したふたりは、ジュークボックスを思わせるひとつの機械のまえにたどり着いた。そこから声が漏れ出ていた。それは誰のものでもない記憶、ないしひどく醜悪な暗号化を施されているため誰も自分のものにしたがらないような記憶の襤褸であった。ふたりは機械の前に腰を下ろすと、口を閉ざしたまま宿命について考えをめぐらした。互いを兄弟のように、そしてそれが何になるわけでもないのに支え合いながら。そのときわたしがやって来て、ふたりの肩を揺すったのである。

以上が、ラーセンの眠りに鮮やかな色彩を与えることになったヴィジョンである。

六　ウズベク

　のちに収容所仲間によって大ウズベクと呼ばれ、さらにずっとのち、クリリ・ゴンポやルッツ・バッスマンといった証言者の話では、一九五九年十二月九日にシャーマン特有のトランス状態のさなかに死亡することになるわたしの祖父トグタガ・ウズベクは、額を流れる汗を拭い、モンゴル語でひとこと発すると口をつぐんだ。祖父は栗毛の馬に跨がっていた。おとなしい馬だったが、負傷者がすし詰めの荷車のそばでは死の匂いが渦巻いており、そのせいで様子がおかしかった。祖父が話しかけた男の方は、死の喘ぎ声を発し、左手の指を動かした。その軍服の上部は血でぐっしょりになっていた。ウズベクは、真っ赤な湿布の上をうろついている数匹のハエを追い払った。ハエは羽音を立てて近づいたり遠ざかったりしていたが、間もなくもといた場所に戻ってきた。

ときは一九一四年八月、オストロヴェッツ街道でのことだった。近隣には、参謀部作成の地図に禿げ山という不当な名で記されている樹木の生い茂った高台があった。南方では大砲が鳴り響いていた。ただその調子があまりに規則的なので、しまいには誰もその轟音に注意を払わなくなっていた。ポーランドの他の地域同様、ロシアの軍勢は後退を始めており、撤退のさなか、土をかぶせたばかりの真新しい墓をいくつも置き去りにする一方、手足を失い瀕死状態にあった相当数の兵士を連れ帰ろうとしていた。ロシア軍は戦闘開始直後からオーストリア軍に圧されて、撤退を繰り返していた。うだるような暑さのなか、太陽に照りつけられながら、黄金色のコムギ畑のあいだを比較的秩序正しく進むこともあれば、夜のあいだ、フクロウの糞やアリの糞に覆い尽くされ、兵士たちの発する匂いに敏感に反応する林道を進むこともあった。未だ無傷な者もすでに身体の自由を失っている者も、男たちはなべて埃で汚れた褐色の肌をしており、その両目には不安と怒りを滲ませていた。

誰もがすでに深く確信していたのである。自分たちが立ち会っているのは手の施しようのない難局であるということ、また始まったばかりの戦争が近いうちに屈辱的降伏で終わるにちがいないということを。無論みな、復員することを願っていた。戦闘に敗れたものの五体満足な復員兵としてである。

ウズベクは顔をこすり、こびりついた疲労を少しばかり拭い去ろうとした。そうして眉毛のところまでずり落ちていた軍帽を上に持ち上げようとしたときだった。空に飛んでいる飛行船が目に入ったのである。

その物体は田園、荒れ地の丘陵、小さな森の上空を飛んでいた。みな経験が欠けていたせいで、それがどのくらいの高度を進みつつあるのかはっきり言うことはできなかった。飛行船は、街道沿いに立ち並ぶポプラの木々のてっぺん後方に隠れたのち、再び姿を現した。それは空中に浮かび、航跡も残さず碧空を漂っており、深淵だの重さだのに悩まされることもなかった。そこにあったのは、進行中の殺戮とは完全に無縁の、銀色、銀灰色をした奇跡的な発明品だった。この上なく澄んだ夢へとついに扉が開かれ、来るべき数十年間の美を先駆的に知らしめているかのようだった。わたしの祖父が感じ取ったのもそのようなことだった。

男たちは日頃の陰気さを忘れ、負傷者のうちでも怪我の程度が最も低い者たちは頭を持ち上げた。兵士がひとり、上着を振り始めた。持った手を伸ばし、ぐるぐると大きく旋回させたのである。上官がその兵士を叱責した。敵の兵器に敬礼するものではないし、秘密信号を送るなどもってのほかだ。兵士は隊列に戻った。その後、輸送隊の後方から、一級射撃手らが空を目がけてカービン銃を撃つのが聞こえた。ドイツ製の機械の方はそれに動じることなくオストロヴェッツ近辺を離れて南へ、激しい戦闘が繰り広げられているサンドミエシュの方角に進路を取った。まったくの無傷だったのだ。

一陣の風が吹き、ポプラの木立が揺れた。トグタガ・ウズベクの栗毛の馬は後ずさったのち、重傷者が詰め込まれている荷車に再び近づいた。

「ジョガン」祖父は言った。

瀕死の負傷者のなかには、ブリヤート人のジョガン・グンガラフがいた。ジョガンは三年前、徴募官の指令に従うという過ちを犯していた。その結果、ロシア皇帝軍の兵士となり、最初の日はマッチ箱のように小さな部署に連れて来られてそこで夜を過ごすことになったのだが、指令に背いてさえいれば、この部署を取り巻く見事なタイガの広がりのなかにいつまでも姿を消すことだって可能だったのだ。ジョガンはウズベクやわたしたち皆と同じように、本名について当局に虚偽の申告をしていた。そうすることで、自分自身の重要な一部分を無傷のまま、穢されることなく守ることができると思ったのだ。だがそれだけでは、自分から悪運を遠ざけるには充分ではなかった。砲弾があたって片腕が肩から吹っ飛び、肩甲骨には肺に達する穴が空いてしまったため、今や生き残る可能性はゼロに等しかった。ジョガンはときどき左手を震わせることで、祖父の問いかけに答えていた。

「ジョガン」祖父はモンゴル語で言った。「聞こえるか？……人類は今や空の真っ只中を旅できるんだ……死ぬんじゃない……こうした進歩やその後の展開には、何としても立ち会わなくちゃならん……戦争ももうすぐ終わる……じきに革命が起きて資本主義を一掃するはずさ……地主は土地を分配するし、工場主は工場を共有化するだろうよ……軍は力を失うことになるはずだ……俺たちは帝国を解体するんだ……諸民族のあいだには博愛の精神が行き渡るんだ……」

数匹のハエがブンブン音を立てていた。追い払おうとする祖父の手振りのせいで近づけないでいたが、汚辱と苦痛からなる自分たちの糧を諦めているわけではなかった。トグタガ・ウズベクは怪我人の傍らでせわしなく身体を揺すりながら話をしていた。瀕死の相手に囁くように話していたため、使われている言葉がスラブ語派の語根をひとつとして持たない言語であっても、士官たちは目くじらを立てなかった。

「ジョガン、負けるんじゃない」祖父は続けて言った。「俺たちはもうすぐ皆、静かな空飛ぶ機械に乗って大空を旅するんだ……その翼の下には国境なんてなくなってる……タイガの上空で本当の名前を叫ぶことだってできるし、そうすればフブスグル湖のカラスやウオタカだって暖かく迎えてくれるさ……いいかよく聞けよ。もう死ぬには及ばないんだぞ……確かに殺戮に次ぐ殺戮があった、今世紀に入ってずっとそうだったが、今日からは違う、光に照らされた日々が始まって、それが世紀末まで続くんだ……世界革命がまもなく、すべての大陸で急速に広がっていく……九月か十月には、全軍に解散命令が下るだろう、その暁には分からず屋の指導者たちに言うことを聞かせてやるんだ……地球全体が労働者によって管理されるようになる……この星は永久に穏やかで、共産主義の理想のもとに憩うことになる……聞いてるか、ジョガン……富裕階層の犠牲者なんていなくなる……富裕階層自体がなくなるんだ……知性こそが指揮を執るのさ……お前の腕だってもう一度生えてくるぞ、学者たちにはそれができるはずだし、それに奴らは全人類のために幸福を建設するんだ……数百万の飛行船が飛び立つ、それにくすぐられて空がぶるっと震えるんだ……俺たちはな……」

そう言いかけて祖父は話を中断した。ハエが群がっていた。祖父はもう一度追い払った。ジョガンはもう聞いていなかった。

午後になると、トグタガ・ウズベクは輸送隊から出向を命じられ、オストロヴェッツの製鉄所周辺の警戒にあたることになった。祖父はそこでわたしの祖母にあたるガブリエッラ・ブルーナと知り合った。戦争と革命が過ぎ去ったのち、ふたりは再会してともに生きた。子だくさんではなかった。ふたりの周りで死の上げ潮はおさまらなかった。知性は指揮を執らなかった。ふたりは人知を越えた世界の構築を手助けし、他に何もなかったのでそうした世界を愛した。祖父はときどき、飛行船の夢と名づけていた夢想を思い出して口にすることがあった。長いあいだ、ふたりはこの夢想を語り合い、変更を加えながら密かに繰り返した。本当に仲睦まじかった。その後ふたりは引き離された。

七　エピローグ

やけに大きな動物博物館の建物沿いに、イリナ・コバヤシ通りを歩いていたわたしたちは、種の絶滅について意見を交わしたり、プロレタリアートの大蜂起――たとえ現実になったとしても時すでに遅く、野生種のヤク、キツネザル科やアリクイ亜目の動物たちを救うことはできないだろう――のことを話題にしたりしていたが、ジャンの方はそのあいだも、わたしたちの夢の現実と幻想世界の現実とのあいだに詩的な橋を架け始めていて（それは彼がよく試みることだった）、彼がこれからコロニーの文学に言及し、ふたりにとって大切だったいくつかの名前――ハジバキロ、ウェルニエリ、エレン・ドークス、ロー・

クエ・チョー――を口にしようとしているのはわたしにも分かっていたが、そのとき一台のバイクが化石館のあたりで速度を上げ、ふたりの後方で轟音を上げた。一瞬ののち、わたしは腰の左側に一箇所、首の付け根にもう一箇所、ズキンとする痛みを覚えた。ジャンはびくっとしてわたしのからだを掴もうとしたが、その手はばらばらに飛び散った。その後、弾丸が雨あられと降り注ぎ、ふたりの身体中を刺し貫いた。バイクはすでに速度を落としていた。後ろに乗っていた男は、革製の腹当てに固定していた短機関銃の向きを直そうとしていた。反動のせいで銃口が逸れていたのだ。バイクが止まった。わたしはちょうどジャンのすぐ近くに倒れ込むところだった。銃を手にした男が身をかがめ、もう一度、わたしたちの身体に銃弾を浴びせた。男はこの作業にたっぷりと時間を掛けた。

何かが苦痛の到来を遅らせていた。ただわたしは、全身がずたずたになっていることをはっきりと意識していた。わたしは出血のせいでスポンジのように液体を吸った片方の瞼を上げ、自分の肉体の外で何が起きているのかを観察した。殺人犯たちはすでに犯行現場を立ち去っていた。ジャンは変わり果てた顔をして、わたしに寄り添うように横たわっていた。ゆっくりと、とぎれとぎれに呻く声が聞こえたが、それがとぎれとぎれであったのは、吐瀉物が口に溢れようとしていたからだ。下顎が吹き飛んでなくなっており、垂れた舌は歩道を覆うつや光りしたアスファルトに触れていた。

わたしたちはこうしたシナリオを想定していた。演ずる役割は前もって書き留められていた。言葉を奪われていない方には為すべきことがあった。さよならを交わすかわりに、ふたりが同時に溶け込んでいけるような最後のイメージを紡ぎ出すことであった。

出発の苦しみを和らげるために甦らせる映像は、ふたりで選んであった。だがそれがどんな映像であったか、わたしにはどうしても思い出せなかった。記憶がどんよりとしていた。哺乳類の問題ばかりが頭に浮かぶのだった。だがとうとう、香港のイメージがひとつ、何の前触れもなしに目の前に現れた。

しどろもどろの口調だったが、わたしは口にたまった大小の泡の向こうへと声を発した。

「ジャン、覚えてる？　ビクトリア・ハーバーの入り口のこと、わたしたちがジェットフォイルで着いた日のことよ。」

ジャンが聞いていたかどうか、わたしには分からない。

「覚えてる？」そう言葉を継いだ。「漁師たちがストをしてた……ジェットフォイルはエンジンを切ってしまったのよ……港は何百ものトロール船で封鎖されてた……どのマストにも赤旗が掲げられていたわ……」

ジャンが聞いていたかどうか、わたしには分からない。ただそれが最期だった。わたしたちふたりはもう向こう側にいた。同じ光にうずもれて。

訳者あとがき

本書は、アントワーヌ・ヴォロディーヌの『骨の山』(Antoine Volodine, *Vue sur l'ossuaire*, Gallimard, 1998) の全訳である。作者には、アントワーヌ・ヴォロディーヌ以外にも三つの筆名があり(つまりアントワーヌ・ヴォロディーヌも筆名である)、一九九九年以降、複数の名を使い分けて旺盛な作家活動をおこなっているが、本作を発表した当時、世に出ていたのはヴォロディーヌ名義の作品だけであった。『骨の山』は、一九八五年に『ジョリアン・ミュルグラーヴの比較伝』(*Biographie comparée de Jorian Murgrave*) でデビューした作者の十番目の作品にあたる。以下では、話が煩瑣になるのを避けるため、作家を慣例通りアントワーヌ・ヴォロディーヌと呼ぶことで話を進めたい。

まずは彼の来歴について。ヴォロディーヌ自身が伝記的事実を詳らかにするのを好まないため、分かっていることはさほど多くなく、第六作『アルト・ソロ』（*Alto solo*）〔塚本昌則訳、白水社、一九九五年〕や第十二作『無力な天使たち』（*Des anges mineurs*）〔門間広明・山本純訳、国書刊行会、二〇一二年〕の訳者あとがきですでに紹介されていること――一九五〇年にフランス・ブルゴーニュ地方のシャロン＝シュール＝ソーヌで生まれ、リヨンで少年期を過ごしたのち大学でフランス文学とロシア語を学び、その後一九八七年まで十五年間、オルレアンでロシア語の教師を務めた――以外に付け加えられることはあまりない（こどもの頃にピアノの稽古に通った家がモーリス・ブランショ宅で、そこでこの「大柄で威圧的な」人物と短いやりとりを交わしたことは、作家自身が愉快そうに語っているが）。

他方、作家活動については、少なくともヴォロディーヌが意図的に隠そうとしている事実はほとんどない。一九八五年のデビュー作とそれにつづく三作がドゥノエル社のＳＦ叢書から出版されたこと、さらに第三作にあたる『軽蔑のしきたり』（*Rituel du mépris*）が一九八七年にフランスSF大賞を受賞したことはよく知られているし、八〇年代当時はSF作家たちと機会があれば交流し、共同で短編集を編んだりしたことも作家自身が明らかにしている。また、そうした経緯にもかかわらず、自作をSF作品とみなされることに対して当時から強い反発を覚えていたことはヴォロディーヌの読者なら知らぬ者はないし、作家が五作目以降ドゥノエル社を離れ、多くの前衛的小説を世に送り出してきたミニュイ社へ、さらにガリマール社、スイユ社へと版元をかえながら――また他名義の作品には別の版元を選びながら――矢継ぎ早に新作を発表してきたことも、隠しようもない事実としてである（ちなみに以上の事実のほとんどは、上記の訳者あとがきで紹介されていることである）。いくつかのインタビューを読んでみると、ヴォロディーヌは一方で作家インタビューという制度に不信の念を表し、作品に関する問いを遮る姿勢を見せるものの、他方、対談相手の質問に誠実かつ丁寧に応答し、ポスト＝エグゾチスム的と名づける自らの作品世界の発想源や、個々の作品にこめられた意図などを、驚くほどあけすけに披瀝している。

ただそれで、不思議なまでに偏執的な彼の文学的営為のすべてが明らかになるわけもなく、作者が自作について語るよう強いられる機会は一向に減らないし(それが本作などに見られる強制的な取り調べのテーマにつながっているらしい)、謎に魅入られたかのようにのめり込む読者の数も、新作が発表されるごとにじわじわと増え続けている。

実際アントワーヌ・ヴォロディーヌは、今やフランスで最も注目を浴びる作家の一人といってよい。二〇一四年十一月には、同年八月発表の最新作『輝かしい(=放射する)終着駅』(*Terminus radieux*)がメディシス賞を受賞したとのニュースも飛び込んできた(受賞歴ということでいえば、『無力な天使たち』も二〇〇〇年にリーヴル・アンテール賞とヴェプレール賞を受賞している)。ヴォロディーヌ作品には、今やフランス国外からも大きな関心が寄せられている。その作品の一部は、日本語のほか英・独・伊・西・露の各言語に翻訳されて紹介されているし、またヴォロディーヌに関する国際シンポジウムも、二〇〇六年にはモスクワで、二〇一〇年にはフランスのスリジー・ラ・サルで開催されている。

＊

ヴォロディーヌ作品にはじめて足を踏み入れる読者は、軽いめまいに似た感覚に襲われるのではないか。彼の作品はしばしばその冒頭から、われわれの生きる現実とは一見異質な、奇妙な相貌をした世界のなかにわれわれを投げ込む。いわばＳＦ的な世界設定からスタートし、架空の時空間で物語が展開することを期待させるのだが、ほんの少し読み進めてみると、そうした期待はあっさりと裏切られてしまう。現実とは無縁だと思われた物語世界には、世界地図で容易に確認できる土地の名があり、その住人たちが語る出来事のなかには、二〇世紀に起きた歴史的出来事とその日付が含まれているからだ。とすれば、これは歴史改変型のＳＦ作品にみられるパラレル・ワールド、われわれの世界と同じ地理、同じ過去を共有しつつ、ある時点から異なる歴史を歩み始めた平行世界なのか——そういう推測が成り立ちそうだが（そして実際それで間違いはなさそうだが）、ヴォロディーヌ作品の場合、歴史がどの時点で現実のそれと分岐しはじめ、その後どういった出来事を通過したのか、詳しい経緯はまったく明らかにされない。読者はそれゆえ、ほぼ同時代に展開しているらしい物語の世界が、どの程度まで現実の世界と重なり合っているのか分からないまま――いわば二つの世界のあいだで宙ぶらりんの状態に置かれ、終始足もとのおぼつかない気分を味わいながら――、最後まで読み進めることを強いられるのだ。

だがヴォロディーヌの作品を二つ、三つと読み進め、こうした居心地の悪さがこの作家を読むことの魅力のひとつに変わってくると、今度はある種の既視感が読者を見舞うことになる。ヴォロディーヌの世界設定の戦略が、今見たようなかたちでほぼ一定しているからだけではない。彼が一作ごとに設定する世界そのものが、ある共通した特徴を持っているからである。ひと言で言えば、それは常に何らかの破局的出来事《カタストロフ》が訪れたあとの荒んだ世界、特に、社会主義的革命が失敗ないし決定的に変質し、収容所のはびこる全体主義体制が確立してしまった世界である。ヴォロディーヌの発想源が、一九一七年のロシア革命と、その後のソヴィエト連邦がたどった道のりであることに疑問の余地はないが、同様の事態がよりグロテスク化したかたちで、異なる時代に全地球規模で進行したとするのが、彼の複数の作品に共通する舞台設定なのだ。一九九七年に発表された第九作『バルキュリアの眠らない夜』（*Nuit blanche en Balkhyrie*）の第一部が「敗北のあと」と題されているのは、この点で象徴的だ。読者が冒頭から投げ込まれるのは、ラディカルな平等主義を目指した革命勢力が完膚なきまで叩きつぶされ――それは革命勢力の無力さに起因する場合もあれば、第十三作『ドンドッグ』（*Dondog*）の主人公が言うように、革命勢力内部の寝返りが原因の場合もあり、また革命が、その当事者たちが意識せぬうちに反革命に転じた場合もある――、革命の希望さえもが失われた世界なのである。一九九四年の第七作『猿たちの名』（*Le Nom des singes*）の冒頭を飾る登場人物の言葉も引いておこう。「革命が再び死を迎えていた。死に絶えた、といってもよかった。わたしはこの失敗に関わったことを恥ずかしく思っている。」

この「わたし」がそうであるように、ヴォロディーヌの主要登場人物の多くは、平等主義の理想に燃えて革命活動に加わった者たち、そしてその活動の過激さと執拗さゆえに

（また革命の失敗後もその理念に忠実であるがゆえに）、革命後に成立した全体主義国家によって反体制的との烙印を押されて捜査と監視の対象となり、牢獄ないし収容所に監禁されている者たちである。『バルキュリアの眠らない夜』の主人公ブリューゲルは、彼を含む収監者たちには三つの世界があると言っている。収容所の外に広がる世界、収容所世界、そして収監者たちの「脳内世界」の三つだが、「死ぬまで世界の外に閉じ込められた男たちや女たち」（ヴォロディーヌは自作の主人公をこう呼んでいる）は少しずつ、第一の世界への関心を失っていく。塀の向こう側にあるのは、体制に順応し革命を裏切った人びとによって統治される国家、そしてその国家が、同じように全体主義化した国家とのあいだで繰り広げる野蛮な戦争だけだからだ。彼らにとって、監禁という事態が必ずしもネガティヴな意味を持たないのもそのためである。壁の外にいかなる夢も希望も抱くことができない以上、収容所や監獄は、少なくとも革命の理想を紡ぎ続けられる場所、「平等主義的ユートピアに残された難攻不落の最後の砦」として、また、同じ生き地獄であろうと「よりましな地獄」として捉え直されることになるのである。「世界の外」に閉じ込められたヴォロディーヌの登場人物たちは、最終的にこの幽閉を自分たちの手でより完全にしようとさえする。「外の世界」への執着をいったん捨て去り、その住民たちとのあらゆるコミュニケーションを拒絶すると同時に、収監者のあいだだけで流通し、収監者だけを読み手（ないし聞き手）として想定する閉鎖的な言葉の世界を作り上げ、そのなかにひとりひとり溶け込んでいこうとするのである（『ポスト＝エグゾチスム十のレッスン、レッスン十一』（*Le Post-exotisme en dix leçons, leçon onze*））。

ヴォロディーヌがポスト＝エグゾチスムと名づける自作の文学的傾向は、彼の登場人物や語り手たちが置かれたこうした状況と関係があると言えるのではないか。日本語でしばしば「異国趣味」と訳されるエグゾチスム exotisme（英語ではエキゾチシズム exoticism）は、当然ながらそうした趣味や感興をそそる異邦の地、つまり「いま、ここ」とはさまざまな面で隔絶した外の世界が存在することを前提とする。たとえば、exotisme が形容詞 exotique の語根と接尾辞 -isme を結びつけた語として定着した一九世紀フランス。ロマン派の詩人や画家たちの作品に「異国の香り」が強く漂いはじめたのは、前世紀末に始まったナポレオン・ボナパルトによるエジプト遠征や、一八二〇年代のギリシャ独立戦争によって、東方《オリエント》と総称される西欧文化圏の外縁地域が未知の世界として立ち現れ、憧憬と夢想の対象になったからに他ならない。

これに対して、ヴォロディーヌ作品の登場人物たちが暮らす世界には、現実においてであれ想像によってであれ、逃避したいという欲求をかきたてる外部は——少なくともあるがままのかたちでは——存在しない。外の世界に幻滅した彼らが生きるのは、もはや通常のかたちでのエグゾチスムが成立しえない、文字通りポスト＝エグゾチスム的な状況なのだ。『無力な天使たち』のあとがきにもあるように、ポスト＝エグゾチスムという語を用いはじめた当初、ヴォロディーヌはこの語に特段の意味はこめていなかったらしい。ただ読者をはぐらかすため、また彼の作品を何らかの流派に位置づけようとする試みに抵抗するために用いたのがこの造語だったようだ。だが、十に達した自作を振り返る意味もあったという第十一作『ポスト＝エグゾチスム十のレッスン、レッスン十一』が出版される頃には、ポスト＝エグゾチスムの語にふさわしい作品世界が構築されつつあったのである。

冒頭で述べたように、その十作目こそ本作『骨の山』であった。

＊

実際、『骨の山』はポスト＝エグゾチスム的な、つまり逃げ場のない世界の物語である。主要登場人物のマリア・サマルカンドとジャン・ウラセンコは、かつてオルビーズの掲げる革命理念に心酔し、オルビーズが領導するコロニーの勢力拡大のために命を賭して闘った、監視機関所属の闘士であった。だがコロニーの体制が次第に全体主義化すると、数百万にのぼるかつての同士たちと同じように、まずはジャンが、ついでマリアが監視機関によって捕らえられ、厳しい取り調べと拷問の対象になる。彼らに逃げ場がないのは、秘密警察によって牛耳られているのがコロニーだけではないからだ。コロニーの向こう側に位置し、コロニーと地球を二分しているヌーヴェル・テールも、コロニー同様に無数の収容所を擁した全体主義体制を敷いているのである。ふたりがジャンの逮捕前に書き上げた

「夢幻的な掌篇と暗唱用短編の小集成」は、近い将来彼らに訪れる運命がいかなるものであるか、それぞれが予見していたことをさまざまなかたちで伝えている。「監禁学」という、ふたりの作品集の副題（表題はともに、書名と同じ『骨の山』）に共通して現れる語もそのひとつだと言えるだろう。逮捕前からすでに、彼らは出口なしの袋小路に追い込まれていたのである。

だが、登場人物たちが置かれた状況の閉鎖性を何よりもよく表しているのは、ふたりが実際に閉じ込められる取り調べ室での様子が語られる場面であろう。常夜灯の灯る真夜中の密室で、自分の受けた尋問と拷問を振り返るマリアは、一瞬、眠っている見張りを殺して逃走することを想像する。だが、運良く逃げ出すことに成功したとしても、彼女をかくまってくれるような地下組織も有力な近親者ももはやいない以上、逃走の夢想は逃げ場の不在を再認識させることにしかならない。ジャンが目をやる天窓や、半分開いた扉からマリアが目にする隣室の窓が、夜半過ぎの濃い闇を映すばかりであるのは象徴的だろう。外の世界へと開けるはずの窓が、ここでは内部空間の閉鎖性を強調するばかりなのだ。ジャンにとっても、窓の外に広がるはずの世界に希望は持てない。それは取り調べ室内部同様、「口にしてもいないことがまるで花が開くように厳然と存在することになる空間」に他ならないからだ。

二部構成の本書において、第一部と第二部の冒頭に置かれたこの取り調べ室のシーンに関しては、ヴォロディーヌの特異な筆致についても述べておく必要があるだろう。ひとり室内を移動したり身体を洗ったりするマリアが語られるときも、バティルジャンとそのふたりの部下の拷問に耐えるウラセンコが語られるときも、ヴォロディーヌは一切行替えを行わない。とくに後者の場合、バティルジャンが取り調べ室にいるあいだは句点がひとつも用いられず、彼とジャンのあいだで交わされる会話文も、終わりの見えない地の文にすべて取り込まれたかたちになっている（本書ではふたりの発する言葉はゴチック体にしているが、原文では最初の一文字目が大文字になっているだけである）。**et** と **puis**、ないし **ensuite**（それぞれ英語の **and** と **then** に相当）で単純に連結されていく節の流れ——それは話し言葉のありようを思わせながら、話し言葉に還元できない要素を含んでいる——は、読む側に息つく暇を与えない。それは、語られている状況の緊張感をより張り詰めたものに感じさせると同時に、取り調べ対象者を包囲する「壁」にひびも亀裂もないこと、つまり彼らの置かれた監禁状態に出口がないことを暗示しているとも言えるのではないか。逃げ場のないポスト＝エグゾチスム的状況は、それを表現する言語にも変容を強いるのである。

とはいえ、読者にとって幸いなことに（といって問題なかろう）、本書のすべてがそうした言葉で埋めつくされているわけではない。第一部でも第二部でも、取り調べ室の様子を描く窒息しそうな文章を読み終え、マリアとジャンの手になる物語集のなかに入っていく読者は、ある種の歓びと解放感を覚えるのではないか。行替えに伴う余白がページに現れるからだけではない。このふたつの『骨の山』は、その副題に含まれる「監禁学」の語が想起させるものとは裏腹に、開かれた空間の色と音に充ちている。逃げ場のない状況に追い込まれつつあったふたりにも、ブリューゲルの言う「脳内世界」の自由、夢想する自由は残されていたのだ。幻想的な夜の光景や月のかけらが煌めく川面、鳥たちの喧しい植物園や大空を泳ぐ飛行船が次々と喚起され、陰惨かつモノトーンな密室から光と影が交錯する外界へと一気に連れ去られるのである。

むろん、マリアとジャンの作品集は、そうした世界を生きる幸せを無邪気にうたいあげてはいない。むしろその物語のひとつひとつは、作中人物（マリアとジャンの）に降りかかる不幸（取り調べや連行、収容所生活や強制労働、事故を装った暗殺や絶望の果ての自死など）が淡々と語られていく暗い内容の物語である。しかしながらそのなかには、不思議な魅力を湛えた美しい刹那が確実にある。そしてそのことに寄与しているのが、ふたりの物語に取り込まれたエグゾチックな要素――彼らの生きる現実のなかでは失われつつあるものの、記憶の中からたぐり寄せられ甦ったエグゾチックな要素であることは間違いなかろう。逃げ場のない状況に置かれたジャンとマリアは、いまだ完全に「汚染」されてはいなかった世界の思い出（香港の港、タイガの森や京劇の化粧）を夢想のなかに溶け込ませ、自分たちの作品に刻みつけようとしているのではないか。彼らは自作をポスト＝エグゾチスム的だと言っている。だとすれば、エグゾチスムの可能性が奪われつつあるとき、その可能性をせめて言葉の世界のなかにつなぎ止めようとするのが、ポスト＝エグゾチスム的文学だといえるのかもしれない。いずれにせよ、本書は単に逃げ場のない世界の物語ではないのだ。それはまた、そうした極限的状況におかれた人物たちが織りなす、もの悲しくも美しい夢想の物語なのである。

そして最後に付け加えよう――『骨の山』はまた、いや何よりもまず、マリアとジャンの愛の物語なのである。「愛は空虚な言葉ではない、忠誠は空虚な言葉ではない」というジャンの作品集にある文句は、「死」と別離をものともしないふたりの愛――トリスタン物語風の、といったら誤解を招くかもしれないが、少なくとも常軌を逸したふたりの愛――をこそ謳っているように思える。ヴォロディーヌは、「ポスト＝エグゾチスムの伝統的な恋人たち」が「監獄、戦争、永遠によって引き離されて」おり、彼らが再会できるのは夢のなかでしかないと述べている。ジャンの作品集におけるアニータ・ネグリーニとジャン・ホラーサーンの「再会」を思わせる言葉だが、死んだと思った相手が十五年後に、ただしかつての記憶を一切奪われた（かのような）別の人格として目の前に現れるのが、マリアとジャンのケースである。しかしこの点については、あまり内容に深入りしない方がいいかもしれない。ただ、ある論者の指摘を踏まえ、このふたりの関係が、第五作『リスボン、最後の余白』（*Lisbonne, dernière marge*）におけるイングリットとクルトのそれを想起させることは述べておこう。イングリットとクルトは十五年のあいだ、会うことも言葉を交わすこともしないと決める。ふたりの関係と目論見が発覚するのを恐れたからだ。イングリットは警察に追われるドイツ赤軍のメンバーであり、彼女をヨーロッパの外に逃がそうと画策するクルトは、ドイツ連邦捜査局の秘密警察に属していたのである。

*

『骨の山』は凝った造りの本である。すでに触れたとおり本書は二部構成で、そのそれぞれが同じように二つの部分に分かれている。第一部ではマリアの、第二部ではジャンの取り調べ室の様子がまず描き出され、その後、前者にはマリアの『骨の山』が、後者にはジャンの『骨の山』が「再録」されるという形式になっている。また、このふたつの『骨の山』はそれぞれ七つの小さな物語からなっており、各章の長さは二作でほぼ同じになっている。第一部と第二部は、形式的にきれいな対照をなしているわけだ。

興味深いのは、入れ子状に組み込まれたふたつの『骨の山』が内容面でも照応関係にあることだ（本文では、「合わせ鏡のよう」だと言われている）。実際、ジャンの物語集を構成する七つの小品は、マリアの物語集で語られた人物や事柄を、同じ順序で、異なる視点、異なる時点から語り継ごうとしている印象がある。たとえばマリアの『骨の山』第一章で語られる哺乳類学者スウェインの殺害。植物園沿いの通りで、事故に見せかけて実行されるこの殺害には、ミュラーともうひとりの捜査官が関与したことが仄めかされているが、ジャンの物語集第一章では、ミュラーとその仲間がスウェインの地下講義に潜り込み、植物園の道具小屋でスウェインの取り調べを行っている。つまりジャンの掌篇は、マリアの掌篇で取り上げられる事件の前段階にあたる出来事を語っているのである。

あるいはまたマリアの物語集第六章で、若く美しい一人の女性が目にする飛行船。一九一四年八月、サンドミエシュ制圧をかけてオーストリア軍とロシア軍が戦闘をくり広げるさなか、オストロヴェツ上空を前線に向かって飛んでいくこの飛行船は、ジャンの物語集第六章でも印象的な仕方で登場する。だが、それを眺めるのは街の外れにいたという同じ女性ではなく、彼女と将来結婚することになるトグタガ・ウズベクと、彼を含む潰走中のロシア兵たち、マリアの物語でも何気なく触れられていた負傷兵やその仲間たちなのだ。マリアとジャンの掌篇はしたがって、同じ瞬間（飛行船の通過する瞬間）を異なる地点で共有した人物たちをそれぞれ描き出していることになるが、このことは、第一部、第二部それぞれの冒頭部で語られるふたりの状況についても、解釈の可能性を広げる仕掛けになっている。マリアの取り調べは小休止を迎えてしばらくたち、特務捜査官も空軍士官も、またその部下の私服警官も近くにはいないとされている。これはもしかすると同じ時刻、別の取り調べ室でジャンが尋問を受け、私服警官の拷問に耐えているからではないだろうか。つまり、形式上対照的な箇所で描き出されるマリアとジャンの状況は、同時進行的なものだという推測が可能なのだ。長い歳月ののちに再会し、いたわりの言葉を交わすこともなく再び引き離されたふたりは、同じ漆黒の闇が窓の外に迫るのを目にしながら、閉じ込められた密室内で互いへの愛と忠誠を誓っているのではなかろうか。

だが本書で最も目につく仕掛けといえば、マリアとジャンの物語集の閾の部分に、本扉をほぼそのまま再現したようなページが挿入されていることだろう。原書の本扉は、ガリマール社の「ブランシュ」と呼ばれる叢書が永年採用しているレイアウトで（図1）、著者名 Antoine Volodine、書名 Vue sur l'ossuaire の下に小さくジャンル名 romånce（この語についてはすぐ後で述べる）が置かれ、あいだを開けて nrf（ガリマール社の前身である新フランス評論社 Éditions de la Nouvelle Revue Française の略号）と Gallimard の文字が印字されている。この著者名の部分をそれぞれ Maria Samarkande と Jean Vlassenko に代え、ジャンル名のところに副題を置いたページ（図2と3）が、ふたりの物語のとば口に置かれているのである。

むろん、こうした仕掛けを他愛のない遊びとみなす向きもあろう。だが、作家がヴォロ

ANTOINE VOLODINE

VUE SUR
L'OSSUAIRE

românce

nrf

GALLIMARD

図 1

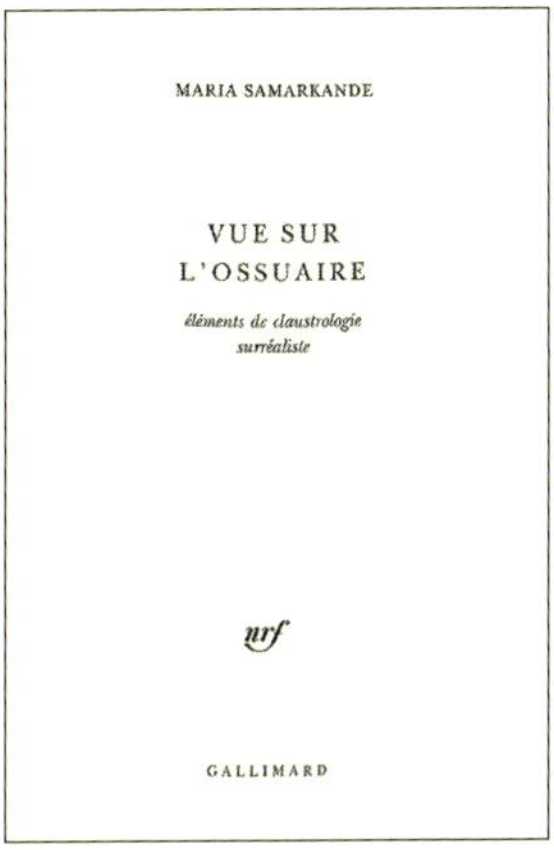

MARIA SAMARKANDE

VUE SUR
L'OSSUAIRE

éléments de claustrologie
surréaliste

nrf

GALLIMARD

図 2

JEAN VLASSENKO

VUE SUR
L'OSSUAIRE

aperçus de claustrologie
post-exotique

nrf

GALLIMARD

図 3

ディーヌ以外の筆名でも執筆活動をしていること、また異なった名を持つそうした作家たちや自作に現れる架空の作家たちをそれぞれ自律した存在とみなしていること——そのことを示すように、『ポスト＝エグゾチスム十のレッスン、レッスン十一』では、十のレッスンのうちの六つを担当したとされる作家たちの名が、本扉（より正確には二枚ある本扉のひとつ）の著者名のところに、アントワーヌ・ヴォロディーヌと同等の資格で印字されている——を考え合わせれば、マリアとジャンの作品集にそれぞれ別個の表紙が与えられていることは、決して無意味なことではないはずだ。本書が原書の造りをできるかぎり尊重し、三一ページと一〇五ページに本扉と同じレイアウトのページを組み込んでいるのもそうした理由による。

＊

最後に、翻訳上の問題についていくつか触れておきたい。

まず本書の表題について。フランス語宝典《トレゾール》によれば、原題 *Vue sur l'ossuaire* に含まれる ossuaire という男性名詞には、「火葬台に残った骨が納められていた小さな骨壺」という古代ローマの風習にまつわる意味のほかに、「ばらばらになった人間ないし動物の骨の堆積」と、「人間の骨が集められた場所ないし建物」というふたつの意味があるが、ヴォロディーヌは本文中、あるときは前者の意味(「骨の山」)で、あるときは後者の意味(「納骨所」)でこの語を用いている。原題をどう訳出するか悩んだ所以だが、「骨の山」と「納骨所」を同時に喚起するような日本語表現が見当たらないため、ふたつのうちから「骨の山」の方を選び、そのまま表題にすることにした。「納骨所」では、喚起されるイメージが限定的、ないし具体的にすぎるきらいがあるし、また vue sur ~の意味(「~(へ)の眺め」)を加えて『骨の山の眺め』とすると、表題として若干冗長な印象があるからである。

第二に、「ロマーンス」の表記をあてた romånce について。この語は、narrat や récitat 同様、ポスト＝エグゾチスム的文学の一ジャンル(または下位ジャンル)を指すヴォロディーヌの造語だが、フランス語読者ならこの語を見て、小説 roman を、そしてとりわけ文学ないし音楽ジャンルとしてのロマンスromanceを想起するはずだ。それがヴォロディーヌ自身の狙いであることは、彼がしばしばromånceと小説の近接性を強調していることや（「romånceは、物語ることへの強い意志、分量や文体の点からみて小説に近い」）、romånceの「音楽的構造」（さきに述べたような厳密に対照的な二部の構成がそれにあたる）に注意を促していることからも明らかだろう。ただromånceが、「悔い改めることも屈服することもない、猛り狂った犯罪的平等主義」をイデオロギー的ベースとする「獄中文学」の一種であること、したがってその内容が「獄外」の小説作品のそれとも、ロマンスの語によって喚起されるような叙情的な恋の歌ともかけ離れたものであることを示すため、aの上にフランス語にはないリング符号（˚）が付されているのだろう。

このromånceに「ロマーンス」の表記を選んだのには、いくつかの理由がある。まずロマーンスとすれば、原語がもつふたつの効果——ロマンスを想起させると同時に、ロマンスとは異なることを視覚的に表現する——を期待できるということ（原語のリング符号が果たす役割は、音引き「ー」が担っている）。次に、そうである以上、romånceにわざわざ説明的な訳語をあて、この語の音声的側面を犠牲にするには及ばないということ。narrat や récitat の場合、これを「ナラ」「レシタ」と音声的に表記しても、フランス語に精通しない読者には含意をイメージすることは難しいはずだが（それゆえこの二語については、『無力な天使』と門間広明氏によるあとがきを参照しつつ、「掌篇」と「暗唱用短編」の訳語をあてた）、ロマーンスはそうではない（繰り返しになるが、この表記は少なくともロマンスを想起させる）。最後に本書は主人公たちの愛の物語であり、したがってロマーンスがロマンスを、つまり（現代日本語で最も流通している意味での）「恋物語」を想起させることは決して悪いことではないということ。表紙にロマーンスの語を見て戸惑う読者も少なくないかもしれないが、そこには以上のような判断があったことをご承知願いたい。

第三に人物名の表記について。ヴォロディーヌの作品には得てして、非常に多くの人物が登場するが、本書も例外ではない。問題は、その名前がしばしば異なる言語の姓と名でできており、一様にフランス語読みして表記するわけにはいかないことだ。たとえば

Georges Swain。名の Georges は s で終わることから分かるようにフランス人男性の名ジョルジュだが、Swain の方は明らかに英語圏の姓スウェインであり、これを強引にフランス語読みしてカタカナで表記（「スワン」）すると、ある大作家の作中人物を想起させてしまいかねない。また、たとえば Jean Khorassan。Jean は Georges 同様フランス人男性の名（ジャン）にあたるが、姓をそれに合わせてフランス語読みすると「コラサン」となってしまう。すると、Khorassan がイラン北東部の地方名ホラーサーンであること、したがって彼の名がマリアの氏名と同じように土地の名を含むものだという情報が読者に伝わらなくなってしまう。

ヴォロディーヌが明かしているところによれば、異なる言語に属する姓と名を組み合わせることのうちには、あらゆる個別的文化のバックグラウンドから作中人物を解放するという意図があるらしい。だとすればなおさら、彼らの氏名を一括フランス語読みして済ますことは許されないことになる。そこで本書では、できる範囲で人物の姓名それぞれの所属言語を割り出し、さらにそれらが日本語で表記される際の慣例にしたがって表記するよう心掛けた。Tarchalskiを「タルハルスキ」としたのがその一例だが、調べがつかなかった名も二、三ではなかったことも白状しておく(その場合、似た綴りの名が見つかればそこから発音を割り出すか、それも可能でない場合にかぎり、フランス語読みしてカタカナ表記した)。ただヴォロディーヌが電話帳や人名辞典を参照し、ときとして実在の名前から、本物らしい人名をでっちあげているらしいことはつけ加えておきたい。

最後に動植物名について。本書には人名ほどではないにせよ、多くの動物名、植物名が現れる。『ポスト＝エグゾチスム十のレッスン、レッスン十一』には、鳥や動物がポスト＝エグゾチスム的文学において重要な位置を占めているとの記述があるが、本書を読めば分かるとおり、繰り返し言及されるのは希少動物たち、とくに絶滅の危機に瀕した動物たちである。この動物たちは、監獄や収容所に閉じ込められて「絶滅」の危機にある活動家たちのいわば「同類」であり、だからこそプロレタリアートの大蜂起が希少動物の救出と結びつけられもする(ジャンの物語の最終章)のだが、動物学に通じていない訳者には、そうした動物の名称や部位名に正確な日本語表現をあてられているかどうか、いまも判断のつきかねているところがある（マリアの物語集第六章で「下舌」という訳語をあてた« sous-langue »については、結局それがどの部位を指すのか分からなかった）。読者諸賢からのご教示をお待ちする次第である。

植物名については、ジャンの物語集第三章に関連して一言述べておきたい。この章には、植物学の学位を持ったマッスリヤーンという人物が登場し、双眼鏡に映る植物の名をひとつひとつ挙げていく場面が二度ある。だがそれが希少植物であるせいか、あるいは実在しない植物名（つまり造語）であるせいか、そのほとんどすべてを特定することができなかった。造語である可能性を捨てきれないのは、ヴォロディーヌの作品には、『リスボン、最後の余白』のイングリットのように、植物名を「発明」する人物がいるからだ。そこで、羅列されているすべての名をフランス語読みし、一律カタカナ表記することにした。ごく一部の植物名については、実在する植物名をモデルにした造語であろうとの見当がついたが、その一部についてだけ訳語を工夫すると（たとえば「チューリップ」をモデルにした造語に「プーリッチュ」の訳をつけるように）、かえって全体が不自然になると判断したからである。

＊

本書のもとになったのは、七年前に用意した第一部の試訳である。当時は翻訳という仕事に関心が薄く、またヴォロディーヌの作品もひとつとして読んだことはなかったのだが、頼まれて断り切れず、冬休みの時間をほぼすべてつぎ込んで前半部を訳した。ただ、出版を申し出ていると聞いていた出版社からはその後音沙汰がなく、用意した原稿はそのままパソコンのなかに眠ることになった。後半部の翻訳に取り組む意欲はさすがに失せたが、ヴォロディーヌの作品はその後すすんで読むようになり、こういう特異な作家の作品が（好き嫌いは別として）充分に紹介されないのは、日本の読者にとってちょっとした不幸ではないかとさえ思っていた。

今回、壊れかけのパソコンからファイルを救出し、本書後半部分の翻訳に取り掛かることになったのは、ヴォロディーヌの来日決定がきっかけだった。最初は別の本（このあとがきでも何度か触れた『ポスト＝エグゾチスム十のレッスン、レッスン十一』）の翻訳を打診されたが、無理を言って本書の方に取り組ませてもらった。作家の来日までに出版することを目指すのなら、すでに半分まで訳し終えている本書のほうがいいだろうと思ったからだ。だがそれでも残された時間は決して多くなく、作業は文字通り急ピッチで進めなくてはならなかった（このあとがきも、自分にとってはありえないスピードで書いている）。ここ数ヶ月は本書のことで頭がいっぱいで、ほかに何も考える余裕はなかった。

本書は多くのひとの励ましと協力で成り立っている。ここでそのすべての名を挙げることはできないが、七年前、驚嘆すべき無邪気さとともに本書の翻訳を持ちかけてきた東京大学のフランソワ・ビゼさん、訳者の質問にいやな顔ひとつせず丁寧に答えてくれた勤務先同僚のファビアン・アリベール＝ナルスさん、原書を参照し、不自然な日本語表現を改めるのを手伝ってくれた妻の千々岩靖子、そして約束の期日を破るのが「お約束」となってしまった訳者に、最後まで辛抱強く接して下さった水声社の神社美江さんには、この場を借りてとくに感謝申し上げたい。

二〇一四年十二月八日

濵野耕一郎

著者／訳者について——

アントワーヌ・ヴォロディーヌ（Antoine Volodine）　一九五〇年、フランスのシャロン＝シュール＝ソーヌに生まれる。大学でフランス文学とロシア語を学び、十五年間ロシア語教師として働く。主な著書に『アルト・ソロ』（白水社、一九九五年）、『無力な天使たち』（国書刊行会、二〇一二年）、メディシス賞を受賞した *Terminus radieux*（Seuil, 2014）などがある。

＊

濵野耕一郎（はまのこういちろう）　一九六九年、神奈川県に生まれる。京都大学大学院文学研究科仏語仏文学博士課程単位取得退学。ナンシー第二大学文学部博士課程修了。現在、青山学院大学教授。専攻、フランス文学。主な著書に *Georges Bataille. La perte, le don et l'écriture*（Éditions Universitaires de Dijon, 2004）などがある。

本書は、アンスティチュ・フランセ・パリ本部の出版助成プログラムの助成を受けています。
Cet ouvrage a bénéficié du soutien des Programmes d'aide à la publication de l'Institut français.

骨の山

二〇一五年一月五日第一版第一刷印刷　二〇一五年一月一五日第一版第一刷発行

著者――アントワーヌ・ヴォロディーヌ
訳者――濵野耕一郎
装幀者――宗利淳一
発行者――鈴木宏
発行所――株式会社水声社
東京都文京区小石川二―一〇―一　いろは館内　郵便番号一一二―〇〇〇二
電話〇三―三八一八―六〇四〇
FAX〇三―三八一八―二四三七
郵便振替〇〇一八〇―四―六五四一〇〇
URL : http://www.suiseisha.net

印刷・製本――モリモト印刷

ISBN978-4-8010-0080-3

フィクションの楽しみ

ステュディオ　フィリップ・ソレルス　二五〇〇円
煙滅　ジョルジュ・ペレック　三二〇〇円
美術愛好家の陳列室　ジョルジュ・ペレック
　一五〇〇円
人生 使用法　ジョルジュ・ペレック　五〇〇〇円
家出の道筋　ジョルジュ・ペレック　二五〇〇円
Wあるいは子供の頃の思い出　ジョルジュ・ペレック
　二八〇〇円
秘められた生　パスカル・キニャール　四八〇〇円
長崎　エリック・ファーユ　一八〇〇円
わたしは灯台守　エリック・ファーユ　二五〇〇円
家族手帳　パトリック・モディアノ　二五〇〇円
赤外線　ナンシー・ヒューストン　二八〇〇円
草原讃歌　ナンシー・ヒューストン　二八〇〇円
モンテスキューの孤独　シャードルト・ジャヴァン
　二八〇〇円
バルバラ　アブドゥラマン・アリ・ワベリ　二〇〇〇円
モレルの発明　アドルフォ・ビオイ＝カサーレス
　一五〇〇円
連邦区マドリード　J・J・アルマス・マルセロ
　三五〇〇円
古書収集家　グスタボ・ファベロン＝パトリアウ
　二八〇〇円
これは小説ではない　デイヴィッド・マークソン
　二八〇〇円
ライオンの皮をまとって　マイケル・オンダーチェ
　二八〇〇円
神の息に吹かれる羽根　シークリット・ヌーネス
　二二〇〇円
ミッツ　シークリット・ヌーネス　一八〇〇円
メルラーナ街の混沌たる殺人事件　カルロ・エミーリオ・ガッダ　三五〇〇円
暮れなずむ女　ドリス・レッシング　二五〇〇円
生存者の回想　ドリス・レッシング　二二〇〇円
シカスタ　ドリス・レッシング　三八〇〇円

［価格税別］